十津川警部 絹の遺産と上信《じょうしん》電鉄

西村京太郎

祥伝社文庫

目次

第一章　西本《にしもと》刑事が死んだ

1

その時、捜査会議の空気が、一瞬凍りついた。捜査会議といっても、東京・中野《なかの》で起きた殺人事件がめでたく解決して、今日で捜査会議も、終了というのんびりとした空気だったのだ。

普通なら今日一日は、外からの電話は、回さないことになっているのだが、今回の殺人事件を担当した十津川《とつがわ》警部に、どうしても伝えたいことがあるということで、特別に回ってきた電話だった。

十津川が、受話器を取る。

男の声が聞こえた。

「捜査一課の十津川警部さんですね？」

と、男の声が、いう。

「そうですが」

「こちらは富岡《とみおか》警察署ですが」

と、男が、いう。

「富岡？」

一瞬、その地名が、ピンと来なくて、十津川は、きき返した。

そんな十津川の応対に、相手は、苛立《いらだ》ったのか、

「世界遺産になった富岡製糸場のあるところです。群馬県富岡市の富岡警察署ですよ」

「ああ、そうでしたね。うっかりしていました。申し訳ない」

「たしか、西本《にしもと》刑事は、そちらの刑事さんですよね？」

と、相手が、きく。

「たしかに、西本は、ウチの刑事です。ただ、今日、明日と、休みを取っておりますが、西本に、何かご用でしょうか？」

「実は、その西本刑事が、富岡製糸場で死体で発見されました。殺人です。身元の確

認のために、そちらから、すぐに、誰かをよこしてください」

相手の声は、相変わらず、ぶっきらぼうだった。

一瞬、十津川は頭が混乱して、相手の言葉が、よく分からなかった。

「西本が殺された？　それは、本当の話なんでしょうね？　本当に、ウチの西本刑事ですか？　間違いありませんか？」

「ええ、そうですよ。すでに死体は、富岡警察署に、運ばれてきて、安置されています」

「もう一度、確認しますが、本当に、西本なんですね？　警視庁捜査一課の西本で間違いありませんね」

「そうです。警察手帳があれば確認は簡単でしたが、運転免許証と名刺しか持っていなかったので、一応、そちらに、確認の電話をかけたのです。とにかく、どなたでも結構ですから、身元の確認のために、すぐにこちらに来てください」

男は、同じ言葉を繰り返している。

「分かりました。今から、すぐそちらに向かいます」

といって電話を切ると、

「カメさん」

と、十津川は横にいた亀井《かめい》刑事に声をかけた。

「今からすぐ、一緒に富岡警察署に確認に行こう。向こうは、西本刑事が、死んだといっている」

十津川のその言葉で、亀井が、黙《だま》って立ち上がった。

ほかの刑事たちは、固唾《かたず》をのんで十津川を見つめている。

「殺されたのが、本当に西本刑事かどうかは、まだ分からない。もしかしたら、別人かもしれないんだ。向こうは、警察手帳を持っていないから、確認のしようがないといっている」

部屋を飛び出すと、十津川と亀井はパトカーに、黙って乗り込んだ。

「東京駅」

とだけ、十津川は、運転席の、若い刑事に、いった。

パトカーが走り出す。

「西本刑事の休暇届は、たしか今日と明日の、二日間だったね？」

と、十津川が、いった。

「そうです。二日間です」

「休暇の理由は？」

「私用としか、書いてありませんでした。とにかく、二十日間ある有給休暇もほとんど取っていませんでしたから、事件も解決したことだし、少し休めと、私は、西本にいっていたのです。ですから、理由は分かりません」

「カメさんは、富岡製糸場を、知っているか？」

「知っていますよ。たしか、群馬県にある、明治時代の製糸工場でしょう？　行ったことはありませんが、世界遺産になったことは知っています」

「カメさんは、西本刑事から、富岡の製糸工場の話を、聞いたことがあるかね？」

「いや、一度もありません」

「西本刑事は、富岡製糸場に、関心を持っていたのかね？」

「分かりませんが、今もいったように、彼から富岡製糸場についての話を、聞いた記憶はありません」

亀井刑事は、自分の携帯を取り出して、富岡製糸場へのアクセスを調べた。群馬県の高崎《たかさき》から上信《じょうしん》電鉄に乗り、上州《じょうしゅう》富岡で降りて、徒歩十五分と出てきた。

「西本刑事の郷里は、どこだったかな？　富岡だったかな？」

「どこか正確には覚えていませんが、少なくとも、富岡ではないと思います」

と、亀井が、いった。

「それなら、誤報だということも、十分考えられるな」

十津川が、小さくつぶやいた。

西本刑事は、捜査一課の、若いエースといってもいい男である。そんな人間が簡単に、死んでしまうとは、十津川には思えないのだ。

東京駅から新幹線に乗る。高崎で降りる。高崎で上信電鉄に乗り換《か》え、上州富岡で下車した。

駅前には、富岡警察署のパトカーが、十津川たちを待っていてくれた。パトカーを運転するのは、二十代に見える、若い刑事である。

「先ほどお電話をした田中《たなか》です」

と、男が、いった。

電話では、無愛想《ぶあいそう》この上なかったが、実際に会うと、いかにも地方の刑事らしい、実直《じっちょく》そうな風貌《ふうぼう》だった。

富岡警察署に着くと、すぐ地下に案内された。そこに、亡くなった西本刑事の遺体が安置されているという。

顔をおおっていた白い布が取られると、そこにあったのは間違いなく、西本刑事の顔だった。

署長も立ち会った。その署長が黙って、十津川の顔を見ている。

「間違いありません。警視庁捜査一課の西本刑事です」

と、十津川が、いった。

「電話では、西本刑事は、世界遺産の富岡製糸場で遺体となって発見されたと、聞いたのですが」

十津川は、署長と田中刑事の顔を等分に見て、きいた。

「そうです。富岡製糸場の中で、死体となって発見されました」

「――――」

「世界遺産になってから、富岡製糸場には連日、多数の観光客が訪れています。今日も全国から、たくさんの見物客が来ていました。開場している間、職員が広い工場内を、定期的に、見て回っていたのですが、その時、昔の工女たちの寄宿舎の裏側で倒れている男性を、発見しました。それが、西本刑事だったのです。すでに心臓が停止していたので、まず一一〇番して警察に連絡し、その後で救急車を呼んで、最寄《もよ》りの病院で診《み》てもらったと話しています。その結果、どうやら青酸カリによる、中毒死の疑いがでて、殺人ではないのかということで、私たちが調べることになったのです。司法解剖を待ってからの判断になりますが、一応、今のところは、自殺の可能性も含めて、他殺と両面で捜査することになりました」

と、署長が、説明した。

「西本刑事が、自殺など、するはずは、ありません」

亀井刑事が、大きな声を出した。

「しかし、警察手帳も、持たずに、富岡製糸場に来られたわけですから、仕事で来たとはどうしても、思えませんが。こちらには何か仕事で来られたんですかね？」

と署長が、きく。

「いや、仕事ではありません。西本刑事は、今日と明日の二日間、有給休暇を、取っていました」

と、十津川が、いった。

「それではやはり、個人的な関心があって、富岡製糸場に来られたわけですね？」

「そうだとは思いますが、その点は、調べてみないと断定は、できません」

とだけ、十津川が、いった。

十津川は、西本刑事の遺体を見た瞬間から、毒物死の可能性があると、思っていた。青酸中毒死特有の顔色をしていたからである。

「明日、遺体を司法解剖のために大学病院に、回そうと思っているのですが、何か問題がありますか?」

署長が、きく。

「いや。特に問題はありません。よろしくお願いいたします。ただ、こちらとしては、いったい、どんな状況で、西本刑事が亡くなったのか、一刻も早く知りたいと思います」

遺体には、外傷のようなものはないから、無理やり押さえつけて、青酸カリを、飲まされたとは思えなかった。

とすれば、何か飲み物、たとえば、ビールか酒か、あるいはジュースなどに、青酸カリを混ぜて、飲まされてしまったとしか思えなかった。

十津川と亀井は、いったん、富岡警察署が取っておいてくれた市内のホテルに入った。そこから、十津川は、上司の三上《みかみ》刑事部長に、報告し、部下の刑事たちにも、電話で西本刑事の死を伝えた。

翌朝、西本刑事の遺体が、司法解剖のために、大学病院に運ばれるのを見送り、その後、田中刑事の運転で、富岡製糸場に向かった。

今日も、朝早くから見物人が、長い列を作っていた。富岡製糸場は、現在は、町の真ん中にあるので、おそらく、広い駐車場が取れないのだろう。そのためか、観光バスは製糸場の門の前で客を降ろすと、どこかにある駐車場に向かって、消えていった。

ユニフォーム姿のボランティアが、グループごとにまとめて、観光客を案内していく。

十津川たちは、そこに掲《かか》げられている順路図には従わず、田中刑事に従って、まっすぐ現場に向かった。

そこは、大きな工場の裏にある工女たちの寄宿舎だった。もちろん、今は使われていないから、ひっそりと静かである。

田中刑事が二人を案内したのは、その木造の寄宿舎の、裏だった。

富岡市内の、高台にあるためか、寄宿舎の裏には、金網が張ってあって、その金網越しに、鏑川《かぶらがわ》を、見下ろすことができた。

「この辺です」

と、田中刑事が、地面を指さした。

工場内は、ボランティアが、念入りに案内してくれるらしいが、こちらの寄宿舎のほうは、ところどころ、傷《いた》んでいるためか、出入り禁止の立て札が立っていて、観光客は、その前を通っていくだけである。

「この辺《あた》りは、昨日も同じ感じでしたか？」

　十津川が、田中にきいた。

「そうですね。わざわざ、この寄宿舎の区画に入ってくる、観光客もいませんから。特に、裏手は、ひっそりとして静かでした」

「西本刑事の遺体を発見したのは、誰なんですか？」

　亀井が、きいた。

「この寄宿舎は、古い建物で、傷みがひどくなっている個所があり、現在、二人の大工さんが、修繕《しゆうぜん》に来ています。昨日も、二人の大工さんが、修繕をしていたのですが、巡回で、その様子を見に来た職員が、西本刑事の死体を、発見したんです」

「死体は、昨日の何時頃発見されたんですか？」

「報告書によれば、昨日の午後二時十六分です。発見した職員は最初、病気かと思い、一一九番しようとしてから、死亡していると分かったので、一一〇番しています。私たちがここに来たのは、午後二時五十分です」

「西本刑事が、昨日の何時頃、製糸場に入ったのか、誰かと一緒だったのか、それとも一人だったのか。そうしたことは、分かりますか？」

「ご覧のように、今日も、観光客が大勢来ていますが、状況は、昨日も同じです。したがって、昨日の何時頃、西本刑事が、来たのか分かりません。ただ、西本刑事が持っておられた入場券は、団体用のものでした」

と、田中が、いう。

「入り口で見ていると、何人か集まると、ボランティアが案内していました。西本刑事が、団体客の一人として来たのなら、その団体についた、ボランティアの人が、西本刑事のことを、覚えているかもしれませんね？」

「私も同じことを考えたので、昨日のうちに、調べてみました。ボランティアの人たち全員に聞いてみたのです。残念ながら西本刑事のことを、覚えている人は一人もいませんでした。いってみれば、それも、当然ですが」

「どうして当然なのですか？」

「何しろ、世界遺産になって以来、次から次へと、たくさんの観光客がやって来ますからね。ボランティアの人が一人で、いくつものグループを引き受けるわけですよ。ですから、一人一人の顔を、覚えていなくても当然なんです。何か、目立った特徴でもあれば、覚えているでしょうけどね。そうでなければ、覚えていることは、まず無理でしょう」

と、田中がいう。

「昨日の午後二時頃にやって来た団体客を特定できませんかね？」

「今、署を挙《あ》げて聞き込みに回り、その団体客を、割り出そうとしていますが、もう少し時間がかかりそうです」

と、田中が、いった。

このあと、十津川と亀井は、司法解剖の結果が出るまで、富岡市内のホテルで待つことにした。

その間に、東京から、いつも、西本刑事とコンビを組んでいる同僚の日下《くさか》刑事が、駆けつけてきた。西本の死体を、確認した後で、十津川が、呼んだのである。

製糸場の近くにある喫茶店で、十津川は、日下刑事を、迎えた。

その店は、富岡製糸場のすぐ近くにあるせいか、何人もの観光客で混んでいた。

十津川が、日下を店の奥の席に呼んでから、

「君は、いつも、西本刑事とコンビを組んでいるから、個人的な話もしただろうと思う。今までに、西本刑事から、この富岡製糸場の話を、聞いたことがあるか？」

「こちらに来る間、電車の中で、ずっとそのことを、考えていました。しかし、いくら考えても、彼が、富岡製糸場の話をしていたことは、思い出せないのです。たぶん聞いたことはないと思います」

と、日下がいう。

「それならば、西本刑事と二人で、この製糸場を見学に来たことはもちろんないわけだな？」

「ありません。今日初めて、赤レンガの工場を、見ました」

「君の郷里は、どこだったかな？」

「四国の愛媛《えひめ》です」

「西本刑事は？」

「京都の生まれのはずです。この製糸場のある、群馬県じゃありません。彼はよく関西の話をしていました」

「西本刑事は、昨日と今日の二日間、有給休暇を、取っているんだが、何か用があるとか、どこへ行くつもりだとか、君にいってなかったかね？」

「二日間の休暇を取ることは、話していましたが、どこに行くとか、何の用事があるというようなことは、何も、いっていませんでした。それで、君は最近忙しすぎたから、ゆっくり休めと私はいいましたが、彼は、笑うだけでした。今になると、あの笑い方が、気になって仕方がないのです」

「どうして気になるんだ？」

と、亀井がきく。

「彼は今年はまだ一日も、有給休暇を取っていませんでした。それなのに、急に、二日間も、有給休暇を取るというので、それは、いいことだ、ゆっくり骨休めをしろといったんですよ。そうしたら、彼が笑ったんです。それがどうにも気になるんですが、今思うと、ゆっくり休めるような気分じゃないというような、そんな感じの、ちょっとさめた笑い方でした」

「つまり、有給休暇の二日間は、何か用があって、そのために、取ったと、君は、思ったんだな？」

「そうです。今から考えると、漠然《ばくぜん》と、休みたいから、取ったという感じでは、ありませんでした。それで、なおさら気になるのです」

と、日下が、繰り返した。

「話は変わるが、西本刑事は、世界遺産というものに対して、興味を持っていただろうか？」

十津川が、日下にきく。

「それほど強い興味は、持っていなかったと思いますが、日本人ですから、普通の人ぐらいには、関心を、持っていたとは思います」

十津川は、手帳を取り出した。そこには、現在、世界遺産になっている十八の地名、建造物の名前が、書き込んであった。

最初に、日本で世界遺産に認定されたのは、奈良県の法隆寺《ほうりゅうじ》、正確にいえば、法隆寺地域の仏教建造物に、姫路《ひめじ》城、屋久島《やくしま》、白神《しらかみ》山地である。最後の十八番目が、この群馬県富岡市の、富岡製糸場だった。

十津川は、その十八の世界遺産の名前を、次々に読んでいきながら、

「この中で特別に、西本刑事が関心を持っていたと思えるものがあれば、それを教えてもらいたいんだ」

たしかに、姫路城や屋久島、原爆ドーム、厳島《いつくしま》神社などは、日本人の誰もが、知っている世界遺産である。

しかし、最近認定された富岡製糸場には、興味を持つ者もいるだろうが、関心のない者も多いのではないか。西本刑事が、そのどちらだったのか、十津川としては、それを知りたかったのだ。

「今、警部が挙げられた、五番目の古都京都の文化財というのは、時々、西本刑事が、口にしていましたね」

「十八番目の富岡製糸場は、最近になって世界遺産になったということで、毎日、大

勢の観光客が押しかけているんだが、西本刑事は、この富岡製糸場のほうは、古都京都のようには、関心を持っていなかったということか？」

「そうですね。いくら思い出しても、彼が、富岡製糸場のことを、口にしたという記憶はないんです」

「昨日、富岡製糸場の中で、彼は、毒殺体として発見されたのだが、以前ここに来たことはなかったんだろうか？」

「おそらく、なかったと思います。もし、来ていたら、彼は帰って来てから、私に富岡製糸場の話を、したはずです。しかし、彼から、富岡製糸場の話を聞いたことはありません。これだけは、間違いありません」

喫茶店の前の通りを、観光客がぞろぞろ歩いていく。

「もし、西本刑事が、富岡製糸場に、関心を持っていなかったとしたら、どうして、あの敷地の中で、殺されていたのかな？　そこが分からないんだよ」

と、十津川が、いう。

「殺人だということで、間違いないんですか？　たとえば、事故とか、自殺の可能性はないんですか？」

「彼は青酸中毒死を遂《と》げているようなんだが、彼が、自分から、青酸を飲んで命を絶ったとは、どうしても、思えない。それに遺書もない。西本という男は、そんな無責任な死に方は、絶対にしないはずだ。したがって、犯人に、青酸カリの入ったビールか、ジュースかを飲まされて、殺されたと思っている」

「しかし、西本は、柔道の有段者ですから、犯人に無理矢理ここに、連れてこられたとも思えませんが」

「その点は同感だ。犯人と一緒にここに来たとしても、力ずくで連れてこられたとは思えない。おそらく何かの理由か、目的があって、自分の意思で富岡製糸場に、やって来たんだ。それは、間違いない」

「西本刑事は、個人ではなくて、団体で富岡製糸場に来たらしいと、聞いたのですが、本当ですか？」

と、日下がきく。

「チケットの販売は、個人用と団体用の窓口があって、西本は団体用の入場券を持って死んでいた。断定は危険だが現在、富岡警察署がその団体を捜してくれている。その団体の添乗員の名前でも判明すれば、何か、分かるだろうと、期待しているんだがね」

と、十津川が、いった。

「私はその点、あまり期待していないんだ」

と、亀井が、いった。

「どうしてです？」

「もし、西本刑事が団体客の一人として、工場内で殺されたとすれば、団体の責任者が、騒ぐんじゃないかね？　一人いなくなったわけだからね。その一人を捜してくれと、製糸場の職員に頼むか、警察に、いってくるはずだ。そういうことは全くなかったのだから、団体だったとしても、現地でにわかにグループを作ったとかいったものじゃなかったかと思っている」

と、亀井が、いった。

その日の夕食の時、ホテルのテレビで、群馬テレビが、今回の事件について取り上げた。

「世界遺産になった富岡製糸場の中で、昨日の午後、現職の刑事が、死体で発見されました。被害者は東京の警視庁捜査一課の刑事で、死因は青酸中毒死と、思われています。群馬県警は、ただちに警視庁に連絡を取り、殺人事件の可能性も視野に入れて、捜査を開始しました」

ニュースは、それだけの簡単なものだった。

群馬県警は、富岡警察署に、捜査本部を設《もう》け、警視庁との、合同捜査に入ったと発表した。

西本刑事が、どんな団体と一緒に、富岡製糸場に来ていたのかを、県警は、重点的に調べたが、なかなか答えが出なかった。どうやら、亀井刑事が、心配したように、大手の旅行代理店の団体といったものではなかったらしい。

県警の田中刑事が、十津川たちに、そのことを説明してくれた。

「西本刑事が入っていたグループは、どうやら、富岡に来てから、作られた団体のようなのです。団体のほうが、一人当たりのチケット料も安くなるので、富岡製糸場に入る時に、団体として、入場券を買った。そんな感じの、団体だったのではないかと思われます。ですから、入場したあと一人や二人欠けても別に気がつかず、平気で帰ってしまったのではないかと思うのですよ。大手の旅行代理店などに話を聞いて回ったのですが、自分たちの団体の中で参加者が欠けたという話は聞いていない。そういう答えしか、返ってきていません」

「なるほど。分かりました。もう一つ、司法解剖の結果に、期待をしているんですが、まだ答えは、出ていませんか？」

「あと一時間くらいしたら、司法解剖の結果が、出てくると思いますので、すぐお知らせします」

田中刑事が、約束した。

一時間より少し遅れて、司法解剖の結果が、十津川たちに、知らされた。

「使用された毒物は、工業用の青酸カリと判明した。西本刑事の遺体を司法解剖した結果、胃の中に、かなりの量の食材が、残っていた。その残り方から考えて、昼食は十二時ではなくて、それよりも少し遅れて、午後一時頃に取ったものと思われる。また、昼食の時に、生ビールを、ジョッキで飲んだと見られるので、その時に、生ビールと一緒に青酸カリを飲んだ、あるいは飲まされたとも、考えられる。西本刑事は、上州富岡駅で降りてから、昼食を取ったと考え、現在、その店を、捜している。胃の残留物から考えて、昼食は、中華料理店で取ったものと思われる。駅の周辺には、五軒の中華料理店があるので、その五軒に当たっている。富岡製糸場が世界遺産になってから、駅周辺の料理店、喫茶店などは、連日多くの観光客で、にぎわっているので、その中の一人の、西本刑事の顔を覚えているかどうかが問題である。現在、その線で調査中である」

さらに一時間後、田中刑事から、それらしい中華料理店が、見つかったという連絡が入ったので、十津川たちも、駅近くのその店に急行した。

駅から歩いて、数分のところにある、雑居ビルの中の店だった。かなり大きな店である。店長と女の子の店員が、四人いる、チェーン店だった。

その女の子たちの一人が、西本刑事の写真に、反応したというのだ。

十津川たちも、彼女に話をきいた。

「あまり自信がないんです」

と、彼女がいう。

「昨日もお昼前から一時過ぎまで、大勢のお客さんで、混んでいましたが、その中で写真の刑事さんと、よく似た男の人が、店の隅《すみ》のテーブルで、食事をしていたのは間違いないんです。でも、その人がこの写真の人と同一人物かどうか、断定できる自信は、ありません。私のいた場所からは、横顔しか見えない席に座っていました」

と、女の子は、いった。

「その人は、一人で、ここに来ていたんですか?」

と、亀井が、きいた。

「いえ、ほかの男の方たちと一緒でした。三十代だったでしょうか。写真の人より少し年上だったと思います。同じテーブルで、最初に生ビールを飲んでから、その後、ラーメンとシュウマイを注文して、食べていらっしゃいました。時間は午後の一時少し過ぎです」

「その男の人というのは正確にいうと、何人で来ていましたか？」

「たしか、三人でした」

と、女の子が、いった。

「その三人の男は、グループで来ていたんでしょうか？　それとも、混んでいたので、たまたま、同じテーブルで相席《あいせき》になったんでしょうか？」

今度は、十津川が、きいた。

「本当のグループだったと、思いますよ」

「どうしてそう思うんですか？」

「生ビールを飲む時、乾杯みたいなことを、していましたから。たまたま相席になったのなら、そんなことはしないでしょう？」

というのが、女の子の、返事だった。

「たしかに、そのとおりですね。それで、生ビールで乾杯した後、ラーメンとシュウマイを、注文したんですね？」

「ええ、写真の方は、ラーメンとシュウマイでした。お昼に、シュウマイを注文される方はあまりいないんで、覚えているんです。ほかの二人の方は、たしかチャーハンを注文されていました」

「もう一度確認しますが、それは午後一時過ぎで、間違いありませんね？」

と、十津川が、念を押した。

「ええ、そうです。その三人の人たちが、食事を終えた頃から、やっと、店が空《す》いてきたんですから、間違いありません」

「食事を済ませた後、その三人は、どうしました？」

「その中の一人の方が、携帯でどこかへ電話を、かけてから、一緒に、店を出ていかれました」

と、女の子が、いう。

「電話をかけていたのは、その三人の中の、誰ですか？」

「よく覚えていませんが、写真の人じゃありません」

もし、その中の一人が、西本刑事に間違いなければ、いったいどんなグループだったのだろうか？

「その三人について、どんなことでも、構いませんから、覚えていることがあったら、話してください」

と、十津川がいうと、

「そうですねぇ」

と、女の子は、少し考えていたが、

「そういえば、昨日は、寒かったので、三人ともコートか、ジャンパーを、着ていらっしゃいました」

「ほかには？」

「そうですね、ああ、三人のうちの一人の方が、黒い帽子をかぶっていらっしゃいましたよ」

どんな帽子だったかを尋《たず》ねると、紙にその帽子の形を、描いてくれた。

ハンチングである。

西本刑事は、亡くなった時、ジャンパーを着ていたが、帽子は、かぶっていなかったから、ほかの二人のどちらかが、黒いハンチングをかぶっていたのだろう。

「もう一度確認しますが、その三人は、午後一時過ぎに、この店に来て、生ビールを飲んでから、食事をしたんですね？　三人のレシートの控《ひか》えは、取ってありますか？」

と、亀井がきき、店長が、レシートの控えを探して、十津川たちに、見せてくれた。

三人で六千円。生ビールのジョッキを二杯ずつ飲み、そのほか、いろいろと料理を食べているから、それにしては、安いものである。

「この料金を、三人のうちの誰が払ったか、覚えていますか？」

「最初は、写真の人が一人で払おうとしたんですが、ほかの二人が、何かをしゃべっていて、最後は、割り勘《かん》で、払っていかれました」

西本刑事は、死体で発見された時、財布や運転免許証は、持っていたが、この中華料理店のレシートは、持っていなかった。

とすれば、ほかの二人のうち一人が、レシートを持っているのだろうか？

店の女の子の話では、最初は、三人分を、西本刑事と思われる男が一人で、支払おうとしたという。もし、それが本物の西本刑事なら、なぜ、そんなことをしようとしたのだろうか？

「西本刑事と思われる男は、生ビールを、ジョッキで二杯飲み、ラーメンとシュウマイを、食べているらしいのですが、司法解剖の結果と、一致しますか？」

十津川が、田中刑事に、きいた。

田中刑事は、手帳に目をやってから、

「ええ、一致しますね。胃の中に残っていたものは、この店の、ラーメンの麺《めん》とシュウマイの具です。それに、生ビールを飲んだ形跡も残っていました」

と、いった。

どうやら、この店で、男二人と一緒に生ビールを二杯飲み、ラーメンとシュウマイを食べた男は、西本刑事で、間違いないように思えてきた。

そこで、十津川は、三人の客のことを覚えていた女の子に、話をしてもらって、似《に》顔絵《がおえ》を、作ることにした。問題の男たちの似顔絵である。

そこで、富岡警察署から、似顔絵づくりの上手《うま》い刑事をわざわざ呼んでもらって、三人の似顔絵の作成に取りかかった。

一時間あまりで、三人の男の似顔絵が出来あがった。

十津川はまず、その中の、西本刑事と思われる男の似顔絵に、注目した。横を向いたその似顔絵が、西本刑事に似ていたら、ほかの二人の男の似顔絵も、かなり、実物に近いものと考えてもいいだろうと、思ったからである。

細《こま》かいことは別にして、西本刑事の特徴を、よくとらえていた。そこにあったのは明らかに、西本刑事の横顔だった。

「大丈夫だ。これなら、ほかの二人の似顔絵も信用できるね」

十津川が、小声で、亀井刑事に、いった。

2

この日の夜、富岡警察署で、第一回の県警の捜査会議が開かれた。そこで、問題の男たち三人の似顔絵が披露《ひろう》された。

富岡警察署の署長が進行役になり、その似顔絵について十津川の意見を、きいた。

「この西本刑事の似顔絵ですが、似ていますね」

と、署長がいう。

「ええ、似ていますね。横顔とはいえ、西本刑事の特徴を、よくとらえています。ほかの二人の男の似顔絵についても、かなり信用できるのではないかと、思います」

と、十津川が答えた。

「三十代の会社員といった感じですが、この二人について、何か思い当たることは、ありますか？」

と、署長が、さらに、きいた。

「もし、この二人が、以前、西本刑事が担当した事件の犯人とか、関係者とかであれば、それに関係して、今回の事件が起きたことも考えられますから、そうなると動機が分かってきます」

捜査会議のあと、十津川と亀井刑事、同僚の日下刑事の三人が、ほかの二人の似顔絵について、意見をぶつけ合った。

もし、西本刑事が以前の事件で逮捕した犯人であれば、今回の殺人の動機も分かってくるのではないかと期待したのだが、亀井刑事も日下刑事も、この二人については覚えがないといった。十津川自身も、その似顔絵をいくら見ても、思い出す事件はなかった。

十津川は、日下刑事一人を富岡に残して、似顔絵のコピーをもらい受けると、亀井と二人でいったん東京に帰った。

十津川は、警視庁でも捜査会議を開いてもらい、その時、似顔絵を、三上刑事部長にも見てもらうことにした。

「この二枚の男たちの似顔絵は、かなり、特徴をとらえていると、考えていいと思います。この二枚の男たちの身元が分かれば、自然に事件の解決に、持っていけるのではないかと、思うのですが」

十津川がいうと、

「しかし、西本刑事が扱った事件の犯人や関係者ではなかったんだろう？」

「残念ながらそうなのです。今のところ、その線での西本刑事とのつながりは、見つかりませんでした」

「西本刑事は、二日間の、有給休暇を取っていたんだな？」

「そうです」

「それなら、個人的な、付き合いのある友人、あるいは、知人と一緒に、富岡製糸場を見に行ったと考えるほうが、自然じゃないのかね？　そうなると、この二人は、昨日の殺人事件とは、あまり関係がないんじゃないのか？」

「西本刑事が、殺されたことと、二人の似顔絵の男は、関係があると、私は思っています」

「どうして、そう、思うんだ？」

「中華料理店の女性店員の話では、三人は親しそうに話しながら、生ビールで乾杯し、その後、店を、出ていったそうです。ですから、事件当日に、たまたま会った間《あいだ》柄《がら》とはどうしても思えないのです。そうだとすれば、工場を見学している途中で、西本刑事が、いなくなったわけですから、普通ならば、受付でそのことを話して捜してもらうとか、警察に、届けるかしたはずですが、その形跡はありません。ですから、この二人が、犯人である可能性も残っているのです」

「この二人と西本刑事との関係を、どうやって、調べるつもりかね？」

三上がきく。

「西本刑事は、世界遺産になった富岡製糸場のことには、それほど関心を持っていなかったと思われます。同僚でいつも、コンビを組んでいた日下刑事にも、先輩の亀井刑事にも、西本刑事が、富岡製糸場について話したという様子はありません。そう考えると、彼が、ほかの二人を連れて、富岡製糸場に行ったのではなくて、二人のほうが、西本刑事を連れていったと考えるほうが正しいのではないかと思っています。ですから、この二人について、あらゆる角度から、調べていくつもりです」

十津川に続いて、その日の朝、富岡から戻ってきた、同僚の日下刑事が、いった。

「私が不思議な気がしているのは、西本刑事が、生ビールのジョッキを、二杯も飲んでいたことです。彼はもともとアルコールには弱くて、どんな時でも、せいぜいビールをコップに一杯飲むのが、限度なのです。その彼が、生ビールのジョッキを二杯も飲んだということが、私には大きな驚きです」

「君は、それを、どう解釈しているんだ？」

「私の勝手な想像ですが、何とかして、この二人と、仲良くしようと思ったからではないでしょうか。それで無理をして、普段は、飲まないビールを二杯も、飲んだのではないかと思います」

「二人の男のほうだが、西本刑事が、警視庁捜査一課の、刑事であることを、知っていたんだろうか？」

この三上の質問に対しては、亀井刑事が、答えた。

「知っていたと思います。ただ、その理由が分かりません。過去に西本刑事が逮捕した犯人でしたら、話は簡単ですが、私も十津川警部も、日下刑事も知らない顔ですから、過去に担当した事件の関係者では、ないと思います。そこで、西本刑事が住んでいたマンションの管理人にも、この二人の男の似顔絵を見せてみようと、思っています。そのほか、彼の出身大学の友人たちにも、見せるつもりです。西本刑事の私生活に関係のある人間かもしれませんから」

捜査会議が終わると、十津川は刑事たちを集め、一人一人に、似顔絵のコピーを持たせて、西本刑事の周辺の人間に会いに行かせた。

まず、西本刑事が住んでいたマンションの管理人に見せ、彼が卒業したM大の同窓生に、見せて廻った。しかし、一向《いっこう》に、期待する結果は出てこなかった。

最後は、西本刑事の故郷の京都である。彼の郷里は京都の郊外にある三千院《さんぜんいん》の近くだと分かった。ここには、まだ母親が健在だと知って、その母親に電話で訃報《ふほう》を知らせてから、いろいろと、話を聞いた。

その会話から、一つの扉が開いた。

「息子が二日間の、休みをいただいたことは、私も知っていました。息子は、電話をかけてきて、こんなことをいったんです。二日間の休暇をもらった。今まで、調べたくても、忙しくてできなかったことがあるので、それを調べに行こうと思っている。息子は、そういったんです。そんなことを、いちいち電話して来なくてもいいよと、私は、いいました」

と、西本の母親、西本けい子《こ》は、いった。

「そうしたら西本君は、何といいました？」

「ちょっと危ない目に遭《あ》うかもしれない。だから、電話をしたんだと、いっていました」

「その内容を、何かいっていましたか？」

「私が心配すると思ったのか、すぐ、冗談、冗談といって、電話を切ってしまいました」

と、母親は、いう。

その電話のことが、十津川を緊張させた。

「西本は、のんびりと身体《からだ》を休めるために、二日間の休暇を、取ったわけではなかったんだよ」

電話を切った後、十津川は、いった。

「西本刑事は、母親に電話で、調べたいことがあるといっていたのでしたね。やはり二日間の休暇を使って、何か調べたいことが、あったということになります」

と、亀井が、いう。

「私も、そのとおりだと思う」

「その上、ちょっと危ない目に遭うかもしれないといっているんですから、この点もしっかり頭に入れておく必要が、ありますね」

「わざわざ有給休暇を取って調べたいというわけですから、捜査一課の仕事とは関係のないことなんでしょうね」

と、日下が、いう。

「そう思うが、何か、思い当たることはないか？」

と、十津川が、日下に、きいた。

「仕事で、凶悪犯を追いかけたりした時は、今回は、ちょっと危ないぞ、覚悟しておく必要がありそうだみたいなことを、二人で、話し合ったことがありました。しかし、今回は、仕事とは関係ないらしいのでちょっと想像できません」

日下刑事が、小さく肩をすくめた。

十津川は改めて、西本刑事の母親に、電話をかけ、こちらに、いつ来られるかをきいた。

母親は、今日中に、東京に行くといった。

母親が現われたのは、その日の午後八時過ぎである。

日下刑事が、まず母親を警視庁に移されていた遺体と引き会わせた。そのあと、

「西本刑事は、お母さんに、有給休暇を二日取ったことを知らせ、調べたいことがあるといったんでしたね？」

と、十津川が、きいた。

「そのとおりです」

「それには、危険があるともいったんですね？」

「そうなんですよ。わざわざ、二日も有給休暇を取ったのは、調べたいことがあるんだが、ちょっとした危険があると、息子は、いったんです。すぐ、冗談だといいましたけど」

「その危険の中身を知りたいんですが、どんな危険なのか、西本君は、それについて、お母さんに何か話をしましたか？」

「いいえ、電話でも申し上げたとおり、息子は、何も、話してくれませんでした。たぶん、これ以上、私に、心配をかけまいとしたんだと思いますが、もし、私に話していてくれたら、犯人を捕まえることができていたかもしれないのに。それが、残念でなりません」

と、西本の母親は、涙ぐんだ。

「これまでも、息子さんは、休みを取ると、そのことを、わざわざ、お母さんに電話してきましたか？　今までにそんなことがありましたか？」

と、十津川がきいた。

「いえ、今までそんなことは、一度もありませんでした。もともと、めったに電話して来ないいんです。ですから、ビックリしてしまったんです。それで、心配になってしまって」

と、母親が、いう。

「そうですか。息子さんが、休暇を取ったことをわざわざ電話で知らせてきたのは、今回が初めてなんですね？」

と、十津川が、念を押した。

「ええ、初めてなんですよ、本当に初めて」

母親が、繰り返した。

どうもまた、捜査に、壁が出来てしまった感じである。

十津川は亀井を連れて、東京の中野にある、西本刑事のマンションに行ってみることにした。

管理人に部屋をあけてもらい、二人は部屋に入った。

ガランとした部屋である。それでも今時の若者らしく、机の上にはパソコンが置かれていたし、デジタルカメラも、手のひらに隠れてしまうような小さなものが見つかった。

今は、性能のいいデジタルカメラが、安く手に入るのだが、プリント料金が高い。そこで、十津川などは、プリントせず、写したままにしておいてある。

机の上にあった、小さなデジタルカメラも同じだった。撮《と》ったものは、カメラの中のメモリーに、保存してあった。

どんなものが、写っているのか、二人は、それを、調べてみた。

二回見たのだが、今回の西本の死と関係のありそうな写真は、見つからなかった。

次はパソコンである。パソコンのスイッチを入れて、保存されている文書と画像を、全てチェックしていった。

もし、似顔絵の男二人の写真が、その中にあれば、大収穫なのだが、全ての画像を見終わっても、画面に、あの二人の顔が、映ることはなかった。

十津川は念のためにもう一度、パソコンに保存してあった写真を画面に呼び出していった。

しかし、いくら見直しても、問題の二人の男の顔は、出てこないし、富岡製糸場の写真も出てこなかった。

突然、画面送りボタンを押していた、十津川の指が止まった。パソコンの画面が停止する。

そこに写っていたのは、のどかな田園風景と、その中を走る、一両編成の小さな列車だった。

「どこかで見たような電車だな」

と、十津川が、いった。

それに対して、亀井刑事が、大声を出した。

「われわれが、乗った電車ですよ。高崎から上州富岡まで乗った電車です」

（ひょっとすると）

と、十津川は、考えた。

西本刑事が、富岡に行ったのは、世界遺産の富岡製糸場を見るためではなくて、高崎から出ている、上信電鉄に、乗るためではなかったのか？

第二章　西本刑事と女

1

十津川は、今回の捜査では、少数精鋭で行くことに決めた。現場周辺の聞き込みや捜査については、当分の間、群馬県警がやってくれるだろう。

こちら警視庁捜査一課としては、西本刑事が殺されたのは、プライベートな問題が、関係しているに違いない。それなら多数の刑事は必要としない。むしろ、少数のほうが動きやすい。

十津川は、そう考えて、自分と亀井刑事、いつも、西本刑事とコンビを組んでいた日下刑事、そして、女性の北条早苗《ほうじょうさなえ》刑事の四人で捜査に、当たることに決めた。

十津川が、四人の中に女性の北条早苗刑事を選んだのは、西本刑事の女性問題が、今回の殺人の原因だった場合のことを、考えてのことである。

十津川は、まず四人だけの捜査会議を開いた。

「今回の事件で、西本刑事は、二日間の休暇を取って、われわれには黙って、何かを、調べようとしていたが、群馬県富岡市の、富岡製糸場で、死体となって発見された。君たちに聞きたいのは、毎日彼に接していて、何かおかしいことに、気がつかなかったかということだ。正直にいえば、私自身、何も気がつかなかったのだが、君たちは、何か感じなかったか？」

十津川は、三人に、きいた。

亀井と北条早苗の二人は、黙ったままだったが、いつも、西本とコンビを組んでいる日下刑事が、

「西本刑事が殺されてからずっと、彼に変わったことがなかっただろうかと、いろいろと考えてみたのです。それで、一つだけ思い出したことがあります。去年の六月頃、西本刑事が、ちょっと、おかしな行動を取ったことがあったのを思い出しました」

「去年の六月頃か？」

「そうです。五月の下旬に世田谷《せたがや》で殺人事件が発生して、われわれが、捜査に当たっ

ていた頃です。私の記憶では、六月の四日だったと、思うのですが、その日の朝早く、突然、西本刑事から、携帯に電話が入って『風邪《かぜ》を引いてしまって、熱が四十度近くになって、身体《からだ》中が熱い。とても捜査に、当たることはできないので、申し訳ないが、今日一日だけ、休ませてもらいたい。警部に、そう伝えてくれ』と、いわれたんです」

「ああ、私も思い出したよ。たしかに、そんなことがあったな。あの頑健《がんけん》な、西本刑事が風邪を引いて休むなんて、珍しいことがあるもんだと、その時、思ったんだ」

「そうです。それが、六月四日です」

「たしか、君から、報告があった」

「私がすぐ、警部に連絡を入れると『捜査のことは心配せずに、今日一日ゆっくり寝ているように、いっておいてくれ』と、警部は、いわれました。そのまま西本刑事に、伝えました」

「あの時、西本刑事が、捜査を休んだのは、たしか一日だけだったんじゃないのか?」

「そうです。翌日には、いつもどおりの時間に、出てきて、もう、大丈夫だといって、一緒に、聞き込みに廻りました。私は長年、西本刑事とコンビを組んでいましたが、身体の調子が悪いからといって彼が捜査を休んだのは、後にも先にも、あの時だけです」

「君は後から、西本刑事に、その時のことを話したことはあるのか？」

「いえ。彼自身、風邪を引いて熱が、四十度近くなっているると電話をかけてきたわけですから、わざわざ聞くまでもないと思ったのです。今から考えると、聞いておけばよかったと、思いますが」

「確認するが、彼が、休んだのは六月四日、一日だけだったね？」

「そうです。六月四日だけです」

十津川は、そのあと、しばらく黙っていたが、

「ちょっと待ってくれ」

と、いって、自分のロッカーから何かを取り出した。

それは、西本刑事の自宅マンションから持ってきた、デジタルカメラである。プリントはせず、カメラの本体に、そのまま、保存されている写真が何枚もあった。

パソコンに保存されていた写真も、移しておいた。

十津川は、そのカメラを捜査本部のパソコンに接続し、カメラ本体とパソコンに保存されていた画像を一枚ずつパソコンの画面に写し出していった。

それを、途中で、急に止めて、

「これを見てくれ」

と、十津川は、三人に、いった。

「ここに写っている電車は、間違いなく上信電鉄の車両だ。この画像には日付が入っているが、去年の六月四日になっている。明らかに、さっき、日下刑事がいってきた、去年の六月四日だよ。西本刑事が熱を出して、捜査を休みたいといってきたその日に、彼は、風邪なんか構《かま》わずに、群馬に行って、上信電鉄の車両を、撮影していたことになる。仮病《けびょう》の可能性が高いな」

「写真全体を、見ると、どうやら駅のホームから、出発した電車を写したようですね」

と、亀井が、いう。

「そうだ。それに、同じような写真が、三枚も連続しているんだ」

十津川は、デジタルカメラの再生ボタンを、操作した。

十津川がいうように、画面に二枚目、三枚目と、同じ車両が写し出された。背景もほとんど変わっていない。

北条早苗刑事が、画面を見ながら、

「この三枚の連続した写真を見ると、西本刑事は、出発した電車を慌《あわ》てて追いかけて、シャッターを立て続けに押しているように思えます」

と、いった。

「そうなんだ。今、北条刑事がいったように、この写真は、西本刑事が、ホームにいて、出発する列車を、漫然《まんぜん》と写しているわけじゃないんだ。突然、列車が出発してしまったので、慌てて、シャッターを立て続けに押した。それを、三枚の同じような写真が証明していると、私は思っている」

「どこの駅のホームで、撮ったものか、それを知りたいですね」

と、亀井が、いった。

「そうだな。それが分かれば、何かのヒントに、なるかもしれない。さっそく、高崎にある上信電鉄の、本社に電話して、調べてもらおう」

と、十津川が、いった。

上信電鉄は、高崎と、下仁田《しもにた》間を走る全長三十三・七キロという、小さな私鉄である。明治三十年（一八九七年）九月二十五日に全線が開通している。高崎から下仁田までの所要時間は、約一時間である。

十津川は高崎にある、上信電鉄の本社に電話を入れ、事情を説明した後、問題の写真を、メールで送って、向こうの担当者に見てもらった。

写真を送ってから、二十分後、返事が届けられた。

「問題の写真は、上信電鉄の上州富岡駅のホームから、出発した列車を、見送るアングルで撮ったものです。列車は、終点の下仁田行きです」

と、教えてくれた。

「これが何時の電車か、そこまで、分かりますか？」

と、十津川が、きいた。

「おそらく、十五時二十六分上州富岡発、下仁田行きの電車ではないかと思われます」

と、相手が、答える。

十津川は、電話の相手が、こちらの質問に対して、すぐに時刻を口にしたので、かえって、不安になった。

「十五時二十六分発の、上州富岡発、下仁田行きの電車ですね？　それで、間違いありませんか？」

と、聞き返した。

「間違いないはずです」

「どうして、そう、いいきれるんでしょうか？　何か根拠は、ありますか？」

「この写真ですが、去年の六月四日の日付が、記録されているので、去年の日誌を、調べてみました。そうしたら、この日、上州富岡駅の付近は、午後四時三十分頃から、かなり強い雨が降り出しました。写真を見ると、日差しがあって、まだ、雨が降りそうな様子はありませんから、おそらく、午後四時三十分よりも前、つまり、午後三時二十六分発の上州富岡発の列車だろうと、こちらの意見が、一致したのですよ。絶対に、間違いないかといわれると、困るのですが、十五時二十六分発というのは、合っていると思いますね」

「ありがとうございました。大変参考になりました」

と、十津川は礼をいってから、今度は、群馬県の大きな地図を取り出して、それを捜査本部の、壁に張りつけた。

次に時刻表を、持ってきて、上信電鉄の時刻を、調べた。

上信電鉄の回答が間違っていなければ、この写真を撮った時、西本刑事は、上信電鉄の、上州富岡駅のホームにいたことになる。

この午後三時二十六分、つまり、十五時二十六分、上州富岡発の列車が始発の高崎駅を出発するのは、十四時五十分ということになってくる。したがって、その時刻に、西本刑事が、上信電鉄の、高崎駅にいたという可能性も出てくるのだ。

十津川が、三人に向かって、いった。

「西本刑事が、なぜ、上州富岡駅に、いたのか、そこで、何をしていたのかは、今のところ全く不明である。西本刑事は、風邪を引いて熱があると、嘘《うそ》をついてまで、捜査を一日休み、六月四日の、十五時二十六分に、今もいったように、上信電鉄の上州富岡駅にいたことになる」

「西本刑事は、おそらく、高崎から、上信電鉄の、下仁田行きに乗って、上州富岡駅に、行ったと思います。もしかすると、もっと早い時間に上州富岡駅に着き、富岡製糸場へ足をのばしたのかもしれません。あるいは、その周辺で、何か調べてから駅に向かった。その駅で、下仁田行きの列車が、発車するのを見て、慌てて写真を三枚続けて、撮った。そういうことになってくると思います」

と、亀井が、いった。

「結論としては、西本刑事は、この六月四日は上信電鉄に、乗る必要があったし、富岡製糸場にも行ったかもしれない。その九カ月後に彼は上州富岡駅で降り、富岡製糸場に行って、そこで何者かに殺されてしまったんだ」

と、十津川がいう。

「今の警部のお話を聞いていて、一つだけ、ちょっと、おかしいなと感じたことがあるんですが」

と、いったのは、北条早苗刑事だった。

「おかしいというのは、どういうことだ？」

「西本刑事が殺されたのは、今年の三月五日で、休みをとっていました。仮病を使って捜査を一日休んだという、おかしな行動を取った日は、去年の六月四日です。その間、九カ月も、間《ま》が空いています。その九カ月の間に、西本刑事は、有給休暇を一度も、取っていませんし、何か気になるような行動を取ったという記憶はありません。この九カ月の間、西本刑事に、いったい何かあったんでしょうか？　去年の六月四日に、あの真面目《まじめ》な西本刑事が、仮病まで使って、捜査を休み、上信電鉄で、上州富岡駅まで何のために、行ったんでしょうか？　分かるのは、彼にとって、よほどのことがあったに、違いないのです。それなのに、その後の九カ月間、目立った行動を、何一つ取っていません。もちろん陰で何かを調べていたのかもしれませんが、それが行動には、表われていません。私には、そこが、おかしいと思うのです」

と、早苗が、いった。

「たしかに、北条刑事のいうとおりだ。それで、北条刑事は、どんなことが、去年の六月四日に、西本刑事の身に、起きていたと思うのかね？」

十津川が、きいた。

「いちばん考えられるのは、親しい者が、死んだということでは、ないでしょうか？それも、ただの死ではなかったということです」

と、早苗が、いった。

「親しい者といえば、いちばんに考えられるのは、肉親だろう。しかし、西本刑事のお父さんは、すでに、亡くなっているはずだし、お母さんは、今も京都で元気に暮らしている。西本刑事の兄弟に、何かがあったのだろうか？　家族の不幸なら、届ければ、休暇になるが」

十津川が、いうと、早苗が、

「西本刑事には、妹さんが一人いますが、彼女は、すでに、結婚をしていて、一歳になる子供が一人います。私が京都のお母さんに、電話をして確認したところ、その妹さんは、無事だそうです。ですから、おそらく、身内が、死んだということではないと思います」

「私も北条刑事に、同感です。それに、身内に、不幸があったとしても、西本刑事は、捜査を、休んだりしませんよ。彼は、そういう人間です」

と、日下が、いった。

「なるほど。そうなると、ほかに考えられるのは、西本刑事に、恋人がいて、その恋人の不幸ということになるのだが、君は何か聞いていないか？」

十津川は、日下刑事に眼をやった。

「高校時代の同窓生と、付き合っているような話を、本人から聞いたことがあります」

と、日下が、いった。

「高校時代というと、彼の郷里の京都ということになるな。大学は、東京だったはずだ」

「そうです。京都の高校を卒業してから、西本刑事は、上京しています。何でも、高校の同窓会があって、その時に彼女と再会して付き合うようになったと、西本刑事が、いっていました。ただ、彼女は、京都に住んでいるし、自分は東京にいて、仕事が忙しいので、頻繁《ひんぱん》には会えないともいっていました」

「彼女の名前や住所を聞いたことはないのか？」

「ありません。西本という男は、プライベートなことを、普段から、あまり詳《くわ》しくは話さないほうでしたから」

と、日下が、いう。
「君が、西本刑事から、高校時代の同窓生と付き合っているという話を、聞いたのは、いつ頃のことだ？」
と、亀井が、日下にきいた。
「たしか二年くらい前だったと思います」
「しかし、今回の事件の後、西本刑事の自宅マンションを、調べたが、部屋の中に
は、それらしい女性の写真は、飾《かざ》ってなかったし、デジタルカメラやパソコンに保存
されていた画像を、いくら調べても、若い女性の写真は、一枚もなかった。女性と付
き合っているのなら、当然、写真の一枚や二枚は撮っているだろうし、離れて住んで
いるのであれば、なおさら、写真があって当然だと思うがね。どうして、彼女と思わ
れる写真が一枚もなかったのだろうか？　どう考えても不自然じゃないのかね？」
そうした十津川の疑問に対して、北条早苗刑事が、答えた。
「その理由として、一つだけ考えられることがあります」
「どんなことだ」
「最近、彼女が死んでしまったということだと思うのです。愛していた彼女の写真
を、持っていると、なおさら悲しくなってしまう。それで、西本刑事は彼女の写真や

彼女に関係するものは、全て処分してしまった。それなら、西本刑事の周辺に、彼女と思われる写真が一枚もないことも、理解できると思うのです」

「その考えに賛成だ。これで調べなければならないことが、出てきたな」

十津川が、いうと、三人も肯《うなず》いた。

「問題を整理しよう。第一に去年の、六月四日の西本刑事の行動だ。彼が、いったい何のために、上信電鉄の上州富岡駅に行き、列車の写真を、撮ったのか、その理由を知りたい。第二は、高校時代の同窓生と付き合っていたとすれば、現在、彼女は、どこで何をしているかということだ。また、北条刑事が、いうように、彼女が、すでに死んでしまっているとしたら、いつ、どこで死んだのか、どんな死に方をしたのかが、知りたい。第三は、西本刑事が捜査を休んで、上信電鉄の、上州富岡駅に姿を現わした去年の六月四日から、殺された今年の三月五日までの、九カ月間、いったい何をしていたのか、逆にどうして、問題を九カ月も放っておいたのか、この三点だ。それを頭に入れて、捜査に取りかかってくれ」

と、十津川が、いった。

十津川自身は、京都にいる西本刑事の母親に電話をかけ、西本刑事は、高校時代の同窓生と、付き合っていたらしいのだが、その女性のことを知っているかどうかを、きいてみた。

「いいえ、全く知りません」

それが、母親の返事だった。

「もしかしたら、そういう人がいたかもしれませんが、息子が、そういうことを私に、何も話さなかったのは、おそらく、それほど深い付き合いではなかったからだと思います。もし、結婚を、約束していたような、そんな、大事な人がいれば、絶対に、私に何か話していたはずです。そんな人は、いなかったと思います」

母親が知らなかったということで、十津川は亀井と、東海道《とうかいどう》新幹線「のぞみ」に乗って、京都に向かった。

2

西本刑事が卒業した京都の高校は、東山《ひがしやま》区内の学校だった。もちろん、男女共学である。

十津川たちは、その学校の事務室に行き、西本刑事が、卒業した年の記念アルバムを、見せてもらうことにした。

西本刑事のクラスは、男子二十人、女子二十人である。

当時、西本刑事と、親しかったという同級生、男性一人、女性一人を、選んでもらい、現在もなお、京都に住んでいるなら、住所と電話番号を、教えてもらって会いに行くつもりだった。

最初は、男子生徒を当たってみることにした。学校の事務室の職員が教えてくれたのは、古田真一《ふるたしんいち》という名前で、八坂《やさか》神社のそばで、百五十年続いているという扇子《せんす》の店をやっていた。その店の主人である。

同窓生の、西本刑事が死んだことは、古田も知っていた。

古田が、十津川に答えて、いった。

「西本は、東京に行ったのに、京都でやる同窓会には、たまに、顔を出していましたよ。しかし、西本が、同窓生の誰かと、付き合っていたという話は、聞いたことが、ありませんね。少なくとも、私は、知りません」

次は、野々村恵子《ののむらけいこ》という女性の同窓生だった。こちらのほうは、三条烏丸《さんじょうからすま》の近くで父親が古本屋をやっていて、彼女は、その、手伝いをしていた。もちろん、彼女も、西本が刑事として警視庁にいたことも、亡くなったことも知っていた。

十津川の質問に対して、野々村恵子は、

「もし、同窓生の中で、西本君と付き合っている人がいたとすれば、牧野美紀《まきのみき》さんじゃないかなと思います」

と、具体的に、実名を出して、いった。

「どうして、その女性が、西本と付き合っていたと、思うんですか？」

「彼女も、高校を卒業した後、京都に、残っていたんだけど、同窓会なんかでたまに会って話をしていると、彼女がいちばん熱心に、西本君のことを、話していたから、そうじゃないかなと思うんですけど」

「その牧野美紀さんという女性は、今、京都のどこに住んでいるんですか？」

と、亀井が、きいた。

「それが行方《ゆくえ》が分からなくなっているんです」

と、恵子が、いう。

「どうして、行方が分からないんですか？」

「新聞で、西本君が死んだことを知って、すぐ、彼女に電話をしたんですよ。そうしたら、彼女が教えてくれた携帯に何度かけてもかからないし、彼女の家にも行ってみたんですけど、どこかに、引っ越した後でした。それで、区役所に行って尋《たず》ねてみたんですけど、引っ越し先が、一向に分からないんです。住民票は、昔のままなんです」

と、恵子が、いう。

「彼女の写真を、持っていますか？」

十津川が、きいた。

「たしか、どこかにあるはずです。ちょっと待ってください」

と、恵子は、わざわざ、捜してくれた。

彼女が渡してくれた牧野美紀の写真は、二枚だった。高校時代の制服を着た、いかにも、清楚《せいそ》な写真と、もう一枚は、あまりにも印象が違う、派手《はで》なドレスを着た写真である。

「この二枚ですが、かなり感じが、違いますね。その辺のことを、話してもらえませんか？」

「彼女の家は、お父さんが、サラリーマンで、お母さんも、働いていました。彼女は、その家の、一人娘なんですけど、両親が、突然相次《あいつ》いで、亡くなってしまい、彼女は一人になってしまったんです。それで、生活のために、彼女、ＯＬの仕事を辞《や》めて、祇園《ぎおん》の、クラブで働くようになりました。派手なドレスを着た写真は、その時のものです」

「たしか、彼女は、現在、二十八歳ですよね？」

「ええ、そうです」

「いつ頃から、祇園のクラブで働くように、なったんですか？」

「今から五年くらい前だったと、思います」

と、恵子が、いう。

「西本刑事が亡くなったのを知って、彼女に電話をかけたら、つながらなかったと、そうおっしゃいましたね？」

と、十津川が、聞いた。

「ええ」

「それで、彼女の家にも行ってみたのですか？」

「彼女は、東山のマンションに住んでいました。いくらかけても電話がつながらないので、会いに行ったんです。すると、今いったように、そのマンションからいなくなっていて、どこに移ったのかも分かりませんでした」

「いつ頃から、彼女は失踪《しっそう》してしまったのでしょうか？」

「マンションの管理人さんに話をきいてみたら、何でも、去年の六月頃からいなくなって、連絡が取れなくて困っていたと、そういっていました」

恵子は、それ以上のことは、知らないようなので、十津川と亀井は、失踪した牧野美紀が、住んでいたというマンションに行ってみた。

東山にある小さいが、洒落《しゃれ》た造りのマンションである。古都京都は、市内の高層建築はもちろん、マンションにも、高さの制限があるので、東京や大阪のような、高くて大きなマンションは、建っていない。このマンションも、四階建ての、こぢんまりとしたマンションだった。

二人は、管理人に警察手帳を見せて話を聞いた。

「牧野美紀さんの部屋は、二階の十号室で角《かど》部屋だったんですけど、祇園のクラブで働いていたので、顔を合わせることはあまりなかったんですよ。たしか去年の六月頃でしたか、その店の女の子が突然訪ねてきて、美紀さんが、ここ二、三日無断欠勤していて、店に出てこない。病気かもしれないから、ママが、様子を見てこいというので、来てみたというんですよ。それで、彼女の部屋を調べたら、誰もいなかったんです。家財道具はそのままでした。入居時の保証人も、保証会社でした。その後、何カ月か、待ったんですが、とうとう何の連絡もなく、行方不明の状態に、なってしまったので、仕方なく家財道具は保管して、ほかの人に貸すことにしました。どこに行ってしまったのか、とにかく、その後、連絡が、全くありません。困ったことです」

と、管理人が、いった。

「牧野美紀さんは、どんな女性でしたか?」

と、亀井が、きいた。

「きれいな人でしたよ。ただ、普段《ふだん》から、大人しくてあまりしゃべらない人で、こちらから、声をかけることも、ほとんどありませんでしたね」

と、管理人が、いった。

「このマンションには、どのくらい住んでいたんですか?」

「たしか、四年くらいじゃなかったですかね。ここは、二年ごとに契約の更新をすることになっているんですが、二回更新した記憶がありますから」

「つまり、少なくとも四年間はここに、住んでいた。そういうことですね?」

「ええ」

「その間に、この男性が、訪ねてきたことはありませんか?」

十津川は、用意してきた西本の写真を、管理人に見せた。

管理人が、真剣な表情で、その写真をじっと見ている。

「身長百七十五センチ、体重六十三キロ、やや痩《や》せ形」

　と、横から亀井が説明すると、

「ああ、そうです。この人です。たしか二、三回、見かけました。一昨年とか去年あたりです」

　と、管理人が、いった。

「この男性が、牧野美紀さんの部屋に、泊まっていったことは、ありますか？」

「たしか、東京の人だと、聞いたことがあるんですよ。それなら、泊まっていけばいいのにと、思っていたのですが、なぜか、泊まらずに毎回、帰っていましたね。私が、牧野美紀さんに、ずいぶん、忙しい人ですねといったら、仕事が、仕事ですからと、笑っていましたけど、この人が、どんな仕事をしていたのかは、聞いていないので、分かりません」

　と、管理人が、いった。

　最後に、亀井が、牧野美紀が働いていたクラブの名前を、管理人に、きいた。

祇園には、和洋どちらの店もある。クラブも多いし、芸妓《げいこ》や舞妓《まいこ》が働くお茶屋も、たくさんある。

3

牧野美紀が働いていたという問題の店は、「クラブプチドール」というところだった。雑居ビルの地下にあって、十人ほどのホステスがいる小さなクラブである。

二人の刑事はカウンターに腰を下ろし、ビールを注文してから、ママに、牧野美紀のことを、きいた。

途端に、ママは、険《けわ》しい表情になって、

「あれだけ可愛《かわい》がって、面倒も見てあげたというのに、私に何もいわないで、突然、どこかにいなくなっちゃったんですからね。それはもう、腹も、立ちますよ。辞めるなら辞めるで、一言ぐらい、断わってから辞めればいいのにね」

と、いう。

「去年の六月頃、突然辞めてしまったと、聞いたんですが」

十津川が、きいた。

「そうなんですよ。本当に突然にね。だから、腹も立つんですよ」

ママは、また、同じことをいう。

「この店では、どのくらい働いていたんですか？」

「たしか、二年くらいでしたかね。その前は、同じ祇園の、通りの向こうの店にいたらしいですよ。そう聞いています」

「この店での評判は、どうでしたか？」

「きれいだし、頭もよくて、聞き上手《じょうず》なところもありましたから、かなり人気がありました。美紀ちゃん目当てに通《かよ》ってくるお客さんも多かったんですよ」

ここでも、十津川は、西本刑事の写真を、ママに見せた。

「この人が、この店に、遊びに来たことはありませんか？　美紀さんと親しくしていた男性だということに、なっているんですが、見た記憶は、ありませんか？」

と、十津川が、きいた。

ママは、しばらくの間、写真を見ていたが、

「私は、見たことありませんね」

念のために、バーテンや、ほかのホステスにも、見てもらったが、初めて見る顔だと、誰もが、いった。

とすると、西本刑事は、牧野美紀とは付き合っていたが、さすがに、彼女が働くクラブには行ったことがなかったのか？

「牧野美紀さんは、去年の六月頃、突然、いなくなってしまいました。その前、二年ほど、ここで働いていたわけですね？」

確認するように、亀井が、きく。

「ええ、うちにいたんですよ。私が、あれだけ、可愛がっていたのに、何もいわずに」

と、ママが、また、愚痴《ぐち》をこぼした。

「その二年の間に、彼女が、何か、問題を起こしたことは、ありませんか？」

十津川が、きいた。

「そうですね。無口ですけど、気が強いところがあって、お客さんと二、三回モメたことが、ありましたよ」

と、ママが、いう。

「それは、どんなモメごとだったんですか？」

「それはまあ、美紀ちゃんは顔がきれいだったから、彼女を誘うお客さんがいたわけですよ。店が終わったら、どこどこで待っているから来てくれよと、誘うお客が、何人かいたんです。でも、彼女は、なぜかそうした誘いを、全部断わっていましたね。だから愛想《あいそ》がないとか、バッグを買ってやったのにと、怒るお客さんもいましてね。それでモメたんですよ」

「美紀さんは、どうして、お客の誘いを断わっていたんですか？」

「そんなこと、本人に聞いてみないと、分かりませんよ。でも、ひょっとすると、好きな男がいて、その男のために、断わっていたのかもしれませんね」

と、ママがいう。

「彼女に好きな男がいたのなら、どういう男だったのかも、知りたいんですが、ご存じの方は、いませんかね？」

十津川が、いうと、ママは、バーテンやホステスたちを集めて、その質問をしてくれた。

誰もが、牧野美紀の、男関係のことは、知らないといったが、ホステスの中の一人だけが、

「一度だけですが、大事な人がいるというようなことを、美紀ちゃんがいっていたのを、聞いたことがありますよ」

と、いった。

しかし、そのホステスにしても、大事な人というのが、どういう人間なのかは知らないと、いった。

4

その頃、警視庁に残っていた、日下刑事と北条早苗刑事の二人は、群馬県警からの電話を、受けていた。

西本刑事が殺された場所が、群馬県富岡市の富岡製糸場の中だったので、群馬県警に捜査本部が、置かれていた。被害者が警視庁の刑事ということで、群馬県警と警視庁捜査一課の、合同捜査になっていたのである。

群馬県警の捜査を担当している浅井《あさい》という警部からの、電話だった。

「現在捜査中の西本刑事の事件と関係があるのかどうかは分からないのですが、今日、高崎市内で、殺人事件が、発生しました。殺されたのは女性ですが、身元が分かるようなものは、何も持っていなかったので、現在も身元不詳《ふしょう》です」

と、浅井警部が、いった。

「その事件が、西本刑事の事件と、何か関係が、あるんでしょうか？」

と、電話に出た日下刑事がきいた。

「まだ分かりませんが、着ているツーピースのポケットを探したところ、西本刑事の事件を報道した新聞記事を、切り抜いたものが入っていたんです。ほかには、関係を、匂わせるようなものは、何も、持っていませんでした。財布《さいふ》も名刺も、身分証明書も持っていませんでしたが、ただ新聞記事の切り抜きだけを持っている。そのことが気になりましてね、それで、ご連絡したという次第です」

と、浅井警部が、いう。

「被害者は、高崎市内のどんな場所で、死んでいたんですか？」

これは、北条早苗刑事が、きいた。

「高崎市内に、だるま市で有名な、達磨寺《だるまじ》というお寺があるんですが、被害者の女性は、その寺の境内《けいだい》で死体となって、発見されました。後頭部を殴《なぐ》られ、その後で、首を絞《し》められたと考えられます。現在、死体は司法解剖のために、大学病院に送られているので、その結果が分かれば、死亡推定時刻など、もっと詳しいことが、お知らせできると思います」

と、浅井警部が、いう。

「身元が、全く分からないといわれましたね？」

「そうです。外見は、二十代後半、中肉で、身長は、百六十センチぐらいの女性です。達磨寺の周辺で、聞き込みをやったのですが、被害者を知っていると答えた人は、一人もいませんでしたから、旅行者かもしれません」

この電話のことは、京都にいる、十津川警部に、すぐ報告された。

「身元不明で、今回の事件に関係がありそうなことといえば、西本刑事の事件を報じた新聞の切り抜きが、上着のポケットに入っていたということだけだそうです」

「被害者は、二十代後半の、女性だといったね？」

「そうです。群馬県警の浅井警部は、そのくらいの年齢に、見えるといっていました」

「西本刑事と関係があったと思われる高校時代の同窓生の女性が行方不明だが、年齢は二十八歳、二十代後半だ」

と、十津川が、いった。

「もしかすると、同一人物かもしれませんね」

「それに、事件を伝える新聞の切り抜きを持っていたというのも気になるね。普通、事件に関係がない人間、興味がない人間なら、そんなものを、持ってなんかいないだろう」

　と、十津川が、いう。

「そうなんです。殺された西本刑事は、私にとって、かけがえのない友人ですが、日本中のほとんどの人は、西本刑事のことは、知らないでしょう。それに、警部がいわれるように、事件に、関係のない人間が、そんな、新聞の切り抜きを後生《ごしょう》大事に持っているはずがありません」

　と、日下が、いった。

「そうだな」

　十津川は、うなずいたが、すぐに思い直した感じで、

「しかし、考え方を変えると西本刑事のことを知っている人間は、かなり、いるんじゃないか。まず、学校の同窓生がいる。警察関係者がいる。新聞記者がいる」

「そういわれてみると、かなりいますね」

　急に、日下もいった。

「ただ、その女性が上信電鉄の沿線で死んでいたとか、富岡製糸場の近くで死んでいれば、西本刑事の事件と、関係があると期待が、持てるんだが、高崎の達磨寺だからね。君は、西本刑事から、高崎の、だるま市の話を聞いたことがあるか？」

　と、十津川がきく。

「私は、テレビなどで、だるま市のことは見たことがありますから、高崎のだるまのことは知っていました。西本刑事も、知識としては知っていたと思います。しかし、彼が高崎の達磨寺に、行ったことがあったかどうかは、分かりません」

　と日下は、いう。

「西本刑事は、普段から、縁起《えんぎ》を担《かつ》ぐほうだったかな？」

　急に話題をかえて、十津川がきいた。

「さあ、どうでしょうか？　お寺や神社の前を通ると、きちんと、拝《おが》んだりしていましたよ。あれは京都に住んでいる、母親の影響だったと思いますね」

「今何時だ？」

　十津川が、いきなり、きいた。

「まもなく午後十時ですが」

「悪いが、今から、すぐ西本刑事のマンションに、行ってくれないか？　例の高崎のだるまや、それに関連したものが、部屋に残っていないかどうか、調べてほしいんだ。少し、気になるんだ」

　と、十津川が、いった。

5

十津川の指示を受けて、日下刑事と北条早苗刑事の二人は、すぐ、中野にある西本刑事のマンションに、急行した。

管理人に、鍵を開けてもらって、部屋に入る。

前にも、部屋の中を、詳しく調べている。が、高崎のだるまを探すために、部屋の中を調べたわけでは、なかった。

二人で黙って、探し始めた。だが、なかなか見つからない。諦《あきら》めかけた時、突然、北条早苗が、

「向こうの棚！」

と、叫んだ。

狭い部屋なので、壁に棚を吊《つ》って、そこにいろいろなものを、載《の》せていた。本箱がないので、棚を吊って、そこに、本を載せていたりするのだ。

本のほかには、壊《こわ》れたラジオなども、載っていた。

「そのラジオの後ろよ！」

また早苗が叫ぶ。

日下が、手を伸ばすと、そこに、だるまがあった。

6

手に取ってみると、たしかに、達磨寺の、だるまである。

日下は、だるまというものは、願いごとがあると、片方の目に墨《すみ》を入れ、その願いごとが、成就《じょうじゅ》した時に、もう片方に、墨を入れるということを、聞いたことがある。

今、棚から降ろしただるまは、片方の目だけに、黒く墨が入っていた。

西本刑事は、刑事として、危険な目に遭うことも多いので、神社や寺に行った時には、賽銭《さいせん》をあげて、丁寧《ていねい》に、拝んでいた。

このだるまは、西本刑事に何か願いごとがあって、片方の目にだけ、墨を入れていたのだろう。

だが、その願いごとが、叶《かな》う前に、西本は死んでしまった。だから、両方の目に、墨が入っていないのだと、日下は考えた。

日下と早苗は、その場から、京都の十津川に電話した。

すでに、夜半《やはん》すぎである。それでも、十津川は起きていて、日下からの連絡を待っていたのだ。すぐ電話に出て、日下の報告を聞くと、

「そうか。やっぱり、だるまが、あったか」

と、いった。

「だるまは、棚の上に、置いてありました。何か願いごとがあったのでしょう。片方の目にだけ、墨が入っていました。しかし、両方の目に、墨が入る前に、西本刑事は、殺されてしまったんだと思います」

「間違いなく、高崎達磨寺の、だるまなのか？」

「達磨寺の判が押してありましたから、間違いないと、思います」

「西本刑事が、どんな願いごとがあって、そのだるまを、買ってきて、棚の上に、置いていたのか、それが、分かればいいんだがね」

「夜が明けたら、高崎の、達磨寺に行って調べてみようと思っています。無理だろうとは思いますが、ひょっとして、西本刑事が、達磨寺の住職と、話をしていたかもしれませんから、それを、確認してきます」

夜が明けるとすぐ、日下刑事は、一人で、群馬県の高崎市に、向かった。駅からタクシーで、達磨寺を目指す。とにかく一刻も早く、事件の全貌《ぜんぼう》を、つかみたかったか

らである。

日下は、まず寺務所に行き、持参してきただるまが、この達磨寺のだるまかどうかを、確認した。

間違いなく、達磨寺のだるまだと分かると、次に、西本刑事の写真を、相手に見せて、

「もし、覚えていたら教えていただけませんか？　この写真の男は、私の同僚ですが、この達磨寺で、このだるまを買ったと思うのです。何か、この男について、覚えていることはありませんか？」

と、きいた。

何の期待も持たずに、日下刑事は、質問したのだが、寺務所の一人が、

「覚えていますよ」

と、いった。

その答えには、日下のほうが、驚いてしまった。

「どうして、覚えているんですか？」

と、日下がきく。

「この方がいらっしゃったのは、今年の元日です。そのだるまを買われたあと大きな

願いごとがあるので、ぜひ、特別の祈禱《きとう》をお願いしたいといわれたんです。本当に大きな願いごとを持っているような真剣な表情をされていたので、ウチのご住職が、この方のために、特別な祈禱をされました。ですから、よく、覚えているのです」

「どういう願いごとだったか、分かりますか？」

「願いごとは他人に知られてはいけないので、紙に書いていただいて、それをご住職が火にくべながら、特別な祈禱をされます。何と書かれたのかは、私たちは知りません」

と、寺務所の人が、いった。

日下は住職にも、確認してみた。

願いごとを書いた紙を封筒に入れ、それを火にくべながら祈禱するので、紙は残っていないし、何と書かれていたのかは、秘密で教えられないと、住職は、いった。

「特別な祈禱をいたしましたので、必ず、その願いごとは叶うと、そうお話ししたのですが、うまくいきませんでしたか？」

と、住職が、日下に、きく。

「いや、ご住職のおかげで、願いごとは叶いました」

日下は、嘘をいい、住職と寺務所の人たちに、礼をいって、東京に、帰ることにした。口の堅《かた》い住職は、西本の願いごとを教えてくれることはないだろうと、考えたのである。

第三章　京都の町

1

現在、東京では、十津川を含めて四人の刑事だけで、この事件を追っている。あくまで、群馬県警の事件だからである。

四人が集まった席で、十津川は事件に対する自分の見方を説明した。

「捜査が進むにつれて、どうやら去年の六月四日、西本刑事の身に、何らかの事件とか問題とかが、起きていたらしいことが分かってきた。その時、いったい何が、あったのか、何が始まっていたのかは、今のところ、全く分からない。一つだけだが、分かったこととして確認できたのは、それから九カ月経《た》った今年の三月五日、西本刑事の身に、本当に何かが起きて、彼は、二日間の休暇を取って、富岡製糸場に行っているということだ。一年前の六月四日にも、西本は、われわれには黙って、その時は富岡製糸場に行ったのか、それとも、上州富岡という上信電鉄の駅に行くのが目的だったのかは、分からないが、間違いなく彼は、富岡に行っている。今年の三月五日には富岡製糸場に行き、殺されてしまった。その間九カ月、彼は、何かを引きずっていたのだ。高崎の市内にある達磨寺で、三月八日に、一人の若い女性が殺され、死体となって発見された。その被害者は、西本刑事が親しかったという高校時代の同級生、牧野美紀ではないかと思うのだが、それは、まだ確定していない。さらにいえば、今年の元日に、西本刑事は、この達磨寺に行って、寺の住職に特別な祈禱を頼んでいる。その時に、西本刑事が何を祈ってもらったのか、それを、知りたいと思って住職たちに聞いたのだが、祈禱というのは、個人的な秘密だから、それを話すわけにはいかないと、住職はいい、その祈禱の内容は分かっていない」

「警部、祈禱をお願いする時、西本刑事が書いたものが、残っているのではありませんか?」

と、亀井が、いった。

「たしかに、カメさんのいうとおりなんだ。日下刑事がそのことを、達磨寺の住職に聞いてみたのだが、たしかに、そういう紙はあったが、すでに、燃やしてしまって、今は残っていないと、住職はいったそうだ」

「そうですか」

　と、残念そうに、亀井が、いう。

「それで、これからの問題だ。今年の元日に西本刑事が、達磨寺に行って、いったい何を特別に祈禱してもらったのか？　何とかしてそれを、達磨寺の住職から聞き出したい。もう一つ、去年の六月四日に、いったい、何があったのか、それを調べることだ。これが二つ目。三つ目が、先日の三月八日に達磨寺の境内《けいだい》で、殺された女性が、牧野美紀かどうかを、何とかして明らかにしたいと思っている。おそらく、この三つが、明らかになれば、西本刑事が何のために富岡製糸場に行き、どういう理由で殺されてしまったのかが、自然に分かってくるだろうと思う。だから、この三つのことを調べることから始めよう」

　と、十津川が、三人の刑事にいった。

2

電話で頼んでも、達磨寺の住職は、西本が、何を祈禱してもらったのか簡単には教えてくれないだろう。秘密を守るのが、住職のつとめだからである。

そう考えて、十津川は、亀井と二人で、達磨寺の住職に会って、直《じか》に説得するために、高崎に行くことにした。

その間に、日下刑事と北条早苗刑事には、西本の友人や知人に片《かた》っ端《ぱし》から当たって、去年の六月四日のことや、あるいは今年の三月五日のことについて、西本が何か話していなかったか、つまり、最後の言葉を聞き出すように指示しておいた。

新幹線を高崎で降りると、二人は、まっすぐ達磨寺に向かった。そして、寺務所で住職に取り次いでもらった。

十津川の顔を見るなり、住職がいった。

「大変申し訳ないが、何度来られても、私の気持ちは、変わりませんよ。ご依頼者の方は、秘密の祈禱をお願いされたのですから、その内容を、お話しするわけにはいかんのです」

十津川は、その住職に向かって、西本刑事が殺されたこと、西本刑事の日頃の行ないについて、いくつかの例を挙《あ》げて、説明した。

「西本は、優秀な刑事でした。あんなに真面目《まじめ》で優しい刑事は、今まで、見たことがないのです。ですから、自分のためではなく、誰かを守るために殺されてしまったのではないかと、思っているのです。私たちは、何とかして、西本刑事の志《こころざし》を叶えてやりたいと、全員で願っているのです。そのためには、どうしても、今年の元日に西本刑事が、ここに来て、いったい何を、祈願したのか、ご住職に何をお願いしたのか、それを知りたいのです。それが、分かれば、犯人に近づける可能性があります。秘密を守りたいご住職のお気持ちは、よく分かりますが、何とか教えていただけませんか？」

と、十津川が、繰り返し、

「どうかお願いします」

と、亀井と、何度も頭を下げた。

住職は、じっと考え込んでいる。それでも十津川と亀井が粘《ねば》り強く、何度も、お願いしたことが功《こう》を奏《そう》したのか、

「分かりました。そういうことでしたら、お話ししましょう」

と、いって、今年の元日、ここに西本刑事がやって来て、どんな秘密の祈禱を、頼んだのか、それを話してくれた。

特別な祈禱を、お願いする時の用紙を、住職が見せてくれた。

「特別な祈禱を願うからには、願う者も祈禱をする者も、その内容を、他人に漏らし

てはならない」

と、但《ただ》し書きがあった。

住職が、いった。

「この願い事の内容は、外に漏らさないでください。いいですね、それだけは、くれぐれも、お願いしますよ」

住職は、その紙に、西本刑事が頼んだ特別の祈禱の言葉を記入して、十津川に渡してくれた。

そこには、たった一行だけ、

「彼女の苦しみを共有すること」

とあった。

「いったい、どんな苦しみをご本人がお考えだったかは分かりません。その内容についても、彼女が、どんな人なのかなどについても、一切《いっさい》聞いておりません。それでよろしいですか？」

と、住職が、いった。

「祈禱の内容だけでも分かれば、助かります。ありがとうございました」

と、十津川は、頭を下げた。

西本刑事が達磨寺の住職に頼んだ願い事は、十津川には、意外なことだった。

ただ、願い事の内容が、具体的に分からない。苦しみを共有するといっても、それがどんな苦しみか、その点は、住職にも、分からないという。

達磨寺を出ると、二人はすぐには東京には戻らず、今日は高崎の旅館に泊まって、二人で「彼女の苦しみを共有すること」について、考えてみることにしたのだ。

彼女というのは、牧野美紀のことだろうか？

彼女は、両親を亡くしてから、水商売の世界に入っている。ただ、彼女は郷里の京都からは離れず、京都市内の祇園のクラブでホステスとして働いていた。なぜ、京都から離れなかったのか？

「クラブで働いていても、もちろん辞《や》めるのは、自由だし、辞めて西本刑事と結婚することもできたはずなのに、なぜか二人は結婚していないし、失踪するまでの間、牧野美紀は、ずっと京都のクラブで働いていた。彼女が、どうして京都から離れようとしなかったのか、その点が、まず疑問になってくるな」

十津川が、いうと、亀井が、

「いちばん、考えられるのは、借金じゃないですか?」

「そうか、借金か」

「そうですよ。もし、彼女に大きな借金があったとすれば、それを返済するまで京都のクラブで働くつもりでいたのではありませんか?」

と、亀井が、いう。

たしかに、亀井のいうとおりかもしれない。若い女性がそれなりのお金を稼《かせ》ごうとすれば、水商売で働こうとするのがいちばん簡単だろう。しかし、なぜ、東京で働かなかったのか?

東京なら、いつでも、西本と会えるのにである。相談するのも楽なはずだ。

翌日、十津川たちは京都に向かった。

京都に着くと、いったんホテルにチェックインしてから日が暮れるのを待って、前に十津川が訪ねた「クラブプチドール」に、もう一度足を運び、ママに、会った。

牧野美紀は、この店で、二年間働き、去年の六月、突然店に出てこなくなり、失踪してしまったのである。

以前、この店を訪ねた時、ママは、やたらに不機嫌で、十津川たちに対しても、つっけんどんな受け答えしかしなかったが、その不機嫌の理由については、可愛がっていた牧野美紀が、黙って突然店を辞めてしまったからだ、といっていた。しかし、十津川たちが刑事だったせいもあるのだろう。今回もママは、同じ態度を取るかもしれない。

そこで、十津川のほうから先手を打つことにした。

「牧野美紀さんは、かなりの額の借金をしていたのではありませんか？　その牧野美紀さんが、借金を返さないうちに突然、店からいなくなってしまったので、ママさんのご機嫌が、悪かった。違いますか？」

十津川が、いうと、その言葉に、ママは、うなずいて、

「実は、そうなんですよ。彼女は大変な額の借金を、残したまま、黙って急にいなくなってしまったんですよ。それで、こちらも困っているんです」

と、いった。

「どのくらいの金額の借金ですか？」

「一千万」

と、ママが、ぶっきらぼうに、いった。

「一千万円ですか、たしかに、かなりの金額ですね。しかし、ママさんが、その一千万円を彼女に貸していたわけではないでしょう？」

と、亀井が、いった。

ママが、笑った。

「当たり前でしょう。そんな一千万円なんていう大金、私にはは、自由にできませんもの。それで、私が信用金庫に口を利《き》いてあげたんですよ。ですから、美紀ちゃんは、この祇園の中の信用金庫に、一千万円の借金が出来たんです。それを、毎月返していって、半分の、五百万円くらいになった時、突然、何もいわずに、彼女がどこかに、消えてしまったんですよ」

「その残りの五百万円の保証人は、ママさんがなっているのですか？」

と、十津川が、きくと、ママは、手を振って、

「いいえ、なっていませんよ。私は、どんなに親しい人に頼まれても、保証人にはならない主義だから」

と、いってから、

「それでも、信用金庫を紹介したのは私だから、彼女が、このまま、現われなかったら、私が、何とかしなくちゃならないかもしれないですよね」

「それで、牧野美紀さんの借金は、信用金庫の、五百万円だけですか？」

十津川が、きくと、横にいた同僚のホステスが、

「美紀ちゃん、ほかにも、たくさんの借金があったみたい」

と、いう。

「ということは、牧野美紀さんは、祇園の信用金庫以外にも、借金があったというわけですか？」

「いえ、彼女の話では、両親が騙《だま》されて、誰かの保証人になってしまって、それで何千万円もの借金を背負わされたらしいんですよ。そのうちに、彼女のお父さんは借金を苦にしていたのか、軽自動車を運転していた時、事故を起こして、コンクリートの電柱にぶつかって亡くなったみたいなんです」

「借金苦のさなかに車をコンクリートの電柱にぶつけたということは、自殺じゃないんですかね？」

と、亀井が、いった。

話をしたホステスが、とんでもないという顔で、

「自殺かもしれないけど、とにかく事故死ということで、処理したらしいの。何でも自殺だと、保険金が出ないケースもあるみたいだから、そういうことにしたんじゃないかしら」

と、いった。

「それじゃあ、それで、借金は、きれいになったのかな？」

「そんなことは、なかったみたい。とにかく、騙されたお父さんの借金は、何でも最初は、一億円ぐらいあったんですって。だから、保険で、少しはお金が入ったと思うけど、何千万円かの借金は、まだ残っていて、それが彼女のほうに降りかかってきたという、そういう話をしていたから、彼女が背負っていた借金というのは、信用金庫の分の残り、五百万円だけじゃなくて、ほかにもまだ、何千万円もあったみたい」

「もう一つ聞きたいんだけど、彼女の両親は、騙されて保証人になって、一億円近い借金を作ってしまったわけだよね？」

「ええ、そう」

「ということは、相手は、銀行とか信用金庫ではなくて、ひょっとすると、少し怖《こわ》い筋《すじ》の人間が、彼女の両親を騙したんじゃないのかな？」

と、十津川が、いった。

「彼女、はっきりとは、いわなかったけど、たぶん、そうね。だからなおさら、彼女は苦しかったんじゃないかしら」

と、ホステスが、いうと、横からママが、口をはさんで、

「念のために、いっておきますけど、私は、そんなことには、一切関係ありませんか

らね」

と、いった。

これまでのママやホステスたちの話から、十津川は、こう推理した。

西本刑事は、何とか牧野美紀を助けようとしていた。

しかし、西本は捜査一課の刑事である。殺人や強盗などの捜査は得意にしているだろうが、金銭関係は、苦手《にがて》だったろう。

十津川は、もう一日、京都に残って牧野美紀について調べてみることにした。

祇園の「クラブプチドール」のママやホステスによれば、彼女の両親、特にサラリーマンだった父親のほうが、人に騙されて、莫大《ばくだい》な借金を背負うことになってしまった。その挙句《あげく》に交通事故を起こして、亡くなったという。

それが事実かどうか、それを調べるための京都滞在だった。

彼女の両親は東山の小さな商店街に住んでいたと聞き、十津川と亀井は、東山警察署に行って話を聞くことにした。

「ええ、牧野さんのことなら、よく知っていますよ」

と、東山警察署の遠山《とおやま》という警部補が肯《うなず》いた。

「牧野さんは、サラリーマンだったそうですね？」

「ええ、そうです」

「牧野さんは、名前を正直《まさなお》さんというんですよ。そのまま読めば、しょうじきということになりますが、その名前どおりの真面目で、実直なサラリーマンだったそうです。誰に聞いても、そういいますから。京都というところは、観光以外大きな産業がないんですが、嵐鉄《らんてつ》という鉄道会社が、あります。牧野正直さんは、そこの本社で、事務の仕事をやっていました。奥さんは、君江《きみえ》さんといって、その奥さんも、真面目でおとなしい人でした」

「たしか一人、娘さんがいましたね？」

「ええ、なかなかの美人です」

と、遠山が、いった。

「その牧野さんですが、騙されて保証人になり、多額の借金を、背負うことになってしまったと聞いたのですが、どうして、そんなことになったのでしょうか？」

亀井が、きいた。

「一億円の融資《ゆうし》話は誰かが仕組んで、最初から、牧野さんを、騙すつもりだったようなのです」

「といいますと？」

「今いった嵐鉄という鉄道は、京都では、いわば、観光列車のような会社なんですよ。その嵐鉄に以前から出入りしている取引業者の中に、高木《たかぎ》観光という会社が、ありましてね。まあ、観光という仕事の面から、牧野さんは、その観光会社の社長と、親しくなったのです。牧野さんは人がいいから、そこの社長に頼まれて、京都観光の、お役に立つのならといって、その高木観光の相談役を、引き受けてしまったのです。非常勤ですがね。高木観光などという会社は、世間にほとんど名前を知られていない小さな観光会社ですからね。銀行や信用金庫は、そんな会社に融資なんかしてくれません。そこで、佐々木《ささき》信用株式会社という会社が出てきましてね。ええ、そうです。いわゆるサラ金会社ですよ。社長は佐々木隆《たかし》といいます。そこが一億円を、高木観光の社長に、個人的に貸し付けたのです。その時、相談役の牧野正直さんが、保証人になりました。ところが、契約が終了した途端に、高木観光の社長、高木陽一《よういち》という男なのですが、その男が、融資された一億円を持って、ドロンしてしまいました。当然、一億円の債務は、保証人になった牧野正直さんにかかってきます。それで、牧野正直さんは、一億円の借金を、背負うことになってしまったんですよ」

「それで、牧野さんは、その借金のことでノイローゼ気味になって、軽自動車を運転している時に、コンクリートの電柱に激突して亡くなったというわけですね」

「そういわれています」

「それで、その事故による生命保険金が支払われ、一億円の借金を少しは返すことになったと思うのですが、どのくらい、返せたんですか？」

「はっきりした額は、分かりませんが、おそらく三千万円くらいだったんじゃなかったですかね。それを全額返済に充《あ》てたとしても、まだ、七千万円もの借金が残ることになるのですよ。その後、奥さんの牧野君江さんも、この人も真面目な人だったかち、何とかして、七千万円を返そうとして、パートで、働くことにしたらしいんですが、もともと体が弱かったこともあって、過労で倒れて亡くなってしまいました。後に残ったのは牧野美紀さんという娘さんですが、やはり、その娘さんも、借金を返すために京都の祇園のクラブで、働いていたんです」

「今、遠山さんは、一億円の融資話は、全て、仕組まれたようなものだといわれましたが、どこまでのことをいわれたんですか？　牧野正直さんが一億円の保証人になった以外にも、何か騙されていたことが、あったのでしょうか？」

と、十津川が、きいた。

「問題の自動車事故の件です。牧野正直さんは、三千万円の保険に入っていて、莫大な借金を背負わされてノイローゼになってしまい、軽自動車に乗っていた時に運転を誤り、コンクリートの電柱に激突して死亡したということになっていますが、もしかすると、あれは単なる事故死ではなく、殺人だったのかもしれない。そんなふうに考えている刑事もいるんです」

と、遠山が、いった。

「誰かが、交通事故に見せかけて、牧野正直という人間を殺したということですか?」

「そういうことです。ただ、そうじゃないかと考えているだけで、証拠は、何一つありません。すでに、交通事故として処理されています。しかし、そこまでの流れを考えると、単なる事故だとは、思えないのですよ」

「もし、殺人だとすれば、遠山さんは、犯人は、誰だと思っているんですか?」

「普通に考えれば、高木観光に一億円の融資をした佐々木信用の社長じゃないでしょうか? 今も申し上げたように、佐々木信用という金融会社は、典型的なサラ金会社で、社長は、かつて暴力団員だったことが、ありますからね。かなり危ない会社なんですよ。牧野さんは、その金融会社に少しずつ、借金を返すことになったんですが、それじゃあ、まどろっこしい。佐々木信用の社長は、牧野さんが、三千万円の生命保険に入っていることを知って、交通事故に見せかけて、殺してしまったのではないかと、私は、考えているんですがね」

「しかし、その佐々木信用というサラ金の社長が犯人だという証拠は、何もないわけでしょう?」

「もちろん、何もありません。あくまでも、勝手な推測です。その三千万円の保険金の受取人が、いつの間にか奥さんの君江さんから、佐々木信用の社長になっていたんですよ。牧野さんが承諾をして、受取人を、佐々木信用の社長に変更したのでしょうが、万が一のことが、あった時に、一億円の借金を、どうやって返すんだと、佐々木社長から脅《おど》かされていたからでしょうね。とにかく牧野さんが死んで、保険金三千万円が佐々木信用の社長に、支払われたことだけは事実なのです」

と、遠山警部補が、いった。

「佐々木信用という、サラ金会社ですが、今は、どうなっていますか?」

と、亀井が、きいた。

「今でもちゃんと、京都で営業を続けていますよ」

「佐々木という社長は、今もその会社の社長をやっていますか?」

「そうです。変わらずに社長です」

「そうすると、そんな社長本人が、交通事故に見せかけて、牧野正直さんを殺したとは、思えませんね。そんな危険なことはしないでしょう？」

　と、亀井が、いった。

「そのとおりです。私も社長本人が、自らの手を汚して、殺人を犯したとは考えてはいないのです。実は、佐々木信用の幹部に、戸田明《とだあきら》という三十五歳の男がいるのですが、牧野正直さんが、交通事故で死んですぐ、この男が京都から、姿を消しているのです。それで、われわれとしては、戸田明が実行犯ではないかと考えて、一応マークしていたのですが、とにかく、証拠が全くありませんからね。捜査に入るわけにもいかなかったというのが、当時の状況です」

　と、遠山警部補が、いった。

　もしかすると、牧野美紀が京都を離れなかったのは、その戸田明という人物を捜すためだったのかもしれないと、十津川は思った。

　十津川は、ポケットから手帳を取り出すと、遠山警部補が教えてくれた名前や、今のところ分かっていることを書き並べていった。

　高木陽一　高木観光社長。一億円を持ち逃げ。

　佐々木隆　サラ金会社佐々木信用社長。元暴力団員。

戸田明　佐々木信用幹部。三十五歳。現在行方不明。
牧野正直　享年五十三歳。七年前に交通事故で死亡。
牧野君江　享年五十歳。牧野正直の妻。六年前に病死。

十津川は、これだけのことを手帳に書き留《と》めてから、

「実は、うちの西本刑事が、先日、群馬県の、富岡製糸場で何者かに殺されました。西本刑事は京都の生まれで、牧野夫妻の一人娘、牧野美紀さんとは、高校時代の同窓生で、親しく付き合っていたようです。西本刑事は、今年の元日に高崎にある、達磨寺に行って、住職に頼んで特別の祈禱をしてもらっています。彼女のことを思って祈禱していることが分かったのですが、この彼女というのが、今もいったように、牧野正直さん、君江さん夫妻の一人娘、牧野美紀さんだとすると、少しばかり首を傾《かし》げたくなるのです。今、遠山さんが話をしてくれた、サラ金会社とか、そこの幹部とか、あるいは、高木観光という、でたらめな観光会社とか、関係している会社や人間の全てが、京都に、絡《から》んでいるということです。これらがどこで、群馬県の富岡製糸場、あるいは、高崎の達磨寺と結びつくのか分からないのです」

遠山警部補は、少し考えてから、大判の時刻表を取り出してきて、地図のページを

広げて、十津川たちに見せながら、

「西本刑事は、警視庁の刑事で、京都に住んでいた高校時代の同窓生、牧野美紀さんと、付き合っていたわけですね？」

「そうだと思われます」

「東京と京都ならば、東海道新幹線を利用すれば、簡単に往復できます。ただ、その交際が内密だったとすると、東海道新幹線を使って、東京・京都間を堂々と往復するのを避けて、日本海側を走る北陸《ほくりく》本線の特急を使うというルートを利用していたんじゃありませんか？　東京からは上越《じょうえつ》新幹線と北陸本線、そして湖西《こせい》線を使って京都に行けます。かなり時間はかかってしまいますが、北陸経由のルートを、使っていたかもしれない。その途中に、高崎駅がありますから、密《ひそ》かに京都の牧野美紀と、東京の西本刑事とが、高崎で落ち合っていたということは、考えられなくはないと思いますがね。高崎では、縁起を担《かつ》いで、達磨寺に行っていたんじゃありませんか？」

と、遠山が、いった。

たしかに、遠山警部補がいうように、東京と、京都を行き来する場合、東海道新幹線を使って往復するのが普通だが、中には、日本海側を通って東京・京都間を往復しようとする人間が、いるかもしれない。

そういう考えを持つ人間がいたとすれば、その途中に高崎の駅もあるし、高崎でいったん新幹線を降りれば、富岡製糸場も近くにある。

そうなれば、高崎が、二人にとって、いちばんデートのしやすい場所かもしれない。上越新幹線なら多くの列車が高崎駅に停車する。デートをするには、格好の駅かもしれなかった。

「ところで」

と、今度は、遠山警部補のほうが、十津川にきいた。

「牧野美紀さんの消息が、分からないと聞いたのですが、本当ですか?」

「ええ、そうなんですよ。牧野美紀さんは、ここ京都の祇園にある『クラブプチドール』という店で働いていたのですが、今は行方不明です。ただ、高崎の達磨寺の境内で死んでいた二十代後半の女性というのが、どうにも、気になるのです。ひょっとすると、牧野美紀さんかもしれませんから」

と、十津川が、いった。

「やはり、牧野美紀さんである可能性が高いですか?」

「年齢とか容姿《ようし》とか、そのほか、よく似ているところが多いんですが、まだ、特定されていません。持っていたのが、西本刑事が殺されたことを伝える新聞記事の切り抜きだけで、身元を証明するようなものは、何も持っていなかったようです」

「やはり、遠山さんも、牧野美紀さんのことが、気になりますか？」

と、亀井が、きいた。

「実は、牧野美紀さんは、私の高校の後輩でしてね。それに、彼女は美人だから、気になるんですよ」

と、いって、遠山が、笑った。

その後で、遠山は、こんなこともいった。

「問題の高木観光も小さな観光会社ながら、新しい社長になって、まだ、京都で営業を続けていますし、それに、サラ金会社の佐々木信用の社長も、まだ京都にいます。腹が立つので、少しばかり脅かしてやりますかね？　そうすれば、牧野美紀さんのことも、自然に分かってくるかもしれません」

十津川と亀井は、東海道新幹線を使わず、遠山警部補がいっていたように、まず、湖西線と北陸本線の特急サンダーバードで金沢《かなざわ》まで出て、金沢からは北陸本線の特急はくたかと上越新幹線で、東京に帰ってみることにした。その途中、高崎で列車を降りた。

身元不明の女性の殺人事件を捜査するため、高崎警察署に、捜査本部が置かれていた。

二人は、そこに寄って、高崎警察署の署長に挨拶《あいさつ》した。

「残念ながら、殺された女性の身元は、まだ分かりません。今、刑事たちが、懸命に捜査をしていますが」

と、署長がいう。

十津川は、京都から持ってきた牧野美紀の写真を、署長に渡した。

「これが牧野美紀、二十七歳の時の写真です。私たちは、達磨寺で殺されていた女性は、牧野美紀ではないかと、考えているのです」

「たしかに背格好は、よく似ていますが、顔つきは、少しばかり違うように思いますね。十津川さんが持ってこられた写真の女性は、完全な、化粧というのでしょうか、化粧が厚いし、髪の毛も美容室から出てきたばかりのようなきれいな髪形をしています。その感じが、別人にも見えますね」

「こちらの写真のほうが、今、署長さんがいわれたように、祇園のクラブで働いている時の写真で、いわば完全武装をしている時のものですからね。旅先の達磨寺で、殺された時の化粧とか、髪形とかが違うのは、当然だと思いますよ」

と、十津川が、いった。

「それでは、まず指紋の照合をしてみましょう。こちらの写真の女性、牧野美紀さんの指紋は、どうすれば手に入りますか？」

と、署長が、きいた。

「京都府警に連絡してくだされば、牧野美紀の指紋は、手に入ると思います」

と、十津川が、いった。

それだけ話し合ってから、十津川と亀井は、ようやく東京に帰った。

3

十津川と亀井の帰りを待ちわびていた日下刑事と北条早苗刑事の二人が、

「警部、西本刑事の最後の言葉が、分かりました」

と、勢い込んで、いう。

「最後の言葉というのは、誰が知ってたんだ？」

と、十津川がきく。

「二人で片《かた》っ端《ぱし》から、西本刑事と何らかの関係があった人間に当たって、確認してみたのですよ。そうしたら、その中に大学時代の友人で、小松《こまつ》という同じ二十八歳の男が見つかったのです。大学時代、西本刑事と二人だけで、よく旅行に行ったこともある。そういうので、会いに行きました。それで、話を聞いたら、この小松という友人が、三月四日の夜八時半頃、西本刑事に、電話をしたそうなんです」

と、日下が、いった。

「それは本当か？　間違いないのか？」

「ええ、本当です」

「三月四日というと、西本刑事が殺されたのが三月の五日だから、その前日だな」

「そうです。友人や知人に当たって、この三月四日というのが、今のところ、西本刑事が友人や知人と接触した、最後の日だということが分かりました」

「それで、最後の言葉というわけか」

「この小松という友人ですが、三月四日の夜、西本刑事の携帯電話に、電話をしたそうです。その時、西本刑事は自宅マンションにいて、そこで、電話を受けたんですが、小松さんが携帯で話し合っている時、突然、西本刑事が『それ、何なんだ？』と、大きな声でいったそうなんです。その時、彼のマンションに、誰かがいたらしく、その人間に話しかけた言葉ではないかと、いっていました。それで、小松さんは、西本刑事の自宅マンションに、客が来ていることを知ったので、長話をしては悪いと思い、すぐ電話を切ったといいます。この三月四日というのが今のところ、殺される以前のいちばん近い時期に西本刑事の声を聞いた証言になります」

「電話中に、西本刑事が発したという言葉を、もう一度いってくれ」

「『それ、何なんだ？』です」

と、日下刑事が、いった。

その言葉を、十津川は、手帳に書き留めた。

「それ、何なんだ？」

これだけでは、意味が、分からない。たぶん近くにいた人間が、何かいって、西本が質問したのだろう。

日下が、続けた。

「念のために、西本刑事の自宅マンションの管理人に会って、三月四日の夜八時半頃、どんな人間が、西本刑事を訪ねてきていたかを、きいたんですが、管理人は、覚えていないといいました。そもそも、この管理人は、マンションに住み込んでいるわけではなくて、毎日、朝の九時に来て午後六時になると帰ってしまうのだそうです。ですから、管理人が分からないというのも、無理はないのです」

西本刑事は、三月五日と六日の二日間の休暇願を出した。それは、休暇の前日、三月四日に提出されている。そして、三月五日、群馬県の富岡製糸場の中で、死体となって発見された。

今、十津川は、西本刑事が、休暇願を出した時のことを、思い出していた。

「間違いなく、三月四日だったよ」

と、十津川が、いった。

「三月四日に、西本刑事は、休暇願を出したんだ。三月五日と六日の二日間のね。退庁前だった」

「その電話の時、彼のマンションには、誰かがいたんでしょうか?」

「三月四日の午後八時半頃には、誰かが西本刑事のマンションに来ていたんだ。そして、話をしていた。それは間違いないだろう」

「三月四日の夜八時半に、西本刑事のマンションにいた人間が、誰だったのか、何とかして、知りたいですね」

と、日下が、いった。

十津川は、思わず苦笑いした。

「私だって知りたいさ。それが分かれば捜査は大きく進展するからね」

「その人間ですが、警部は、今回の件、西本刑事の殺人と、関係があると思われますか？」

と、日下が、きく。

「現時点では、まだ断定できないね。もしかしたら関係があるかもしれないし、ないかもしれない。その人間と一緒に、三月五日に、富岡製糸場に行ったのかもしれないし、その人間は、その前に別れてしまっていて、西本刑事は一人で、富岡製糸場に行ったのかもしれないからね。その辺《あた》りのことは、これから捜査してみないと何ともいえないよ」

「たしかに、三月四日の夜の西本刑事の行動が、今回の捜査の、大きなカギを握っていそうですね」

と、亀井が、いった。

（何とかして、それを知る方法はないだろうか？）

十津川は、考え込んだ。

「無駄かもしれないが、もう一度、西本刑事のマンションに行って、指紋を片っ端から採取《さいしゅ》してみてくれ」

十津川が、命令した。

すぐに日下と北条早苗の二人が、西本刑事の住んでいたマンションに行き、室内はもとより、玄関のドアやベランダの手すりの指紋まで採取して、捜査本部に戻ってきた。

その指紋を警察庁に保管されている前科者の指紋データと、照合してみた。

しかし、一致する指紋は、一つも見つからなかった。

京都東山警察署の遠山警部補から、高木観光元社長の高木陽一、佐々木隆社長、そして、佐々木信用の幹部で、牧野正直殺しの実行犯だと思われている戸田明の写真と、三人の指紋も、送られてきた。その三人の写真や指紋と一緒に、遠山警部補の通信も送られてきた。

「現在、行方不明になっている佐々木信用の幹部、戸田明の消息は、依然として、分かりません」

と、そう書かれていた。

第四章　フィリピン

1

十津川の想像は外れた。

三月八日に達磨寺の境内で殺されていた女性と、牧野美紀の指紋が合致《がっち》しなかったのである。

身長、体重もほぼ同じ、年齢もである。十津川が、何よりも、重視したのは、達磨寺で死んでいるということだった。殺された西本と牧野美紀が、一緒に達磨寺に行っていたことも考えられるし、西本は美紀のために祈禱してもらってもいた。そのことを考えれば、身元不明の女が、牧野美紀の可能性は九〇パーセントと思っていたのである。

それが、指紋が一致しなかったという知らせは、十津川を、がっかりさせた。と、同時に疑問を抱《いだ》かせた。

十津川は、考えた末に、京都府警東山警察署の遠山警部補に、電話をかけた。

「達磨寺で殺されていた女のことですが」

と、いうと、

「残念ながら、指紋照合の結果、別人と分かりましたね」

と、遠山がいう。

「指紋の取り違えということは、ありませんか？」

「それは、考えられません。牧野美紀が住んでいたマンションと、彼女が働いていたクラブで採取した指紋ですから」

「そのクラブですが、その店のママやホステスが、いちばんよく牧野美紀のことを知っていると、考えられますね？」

「そうですね。美紀の両親は、すでに亡くなっていますから」

「そのクラブのママと、いちばん仲のよかったホステスに、問題の女の遺体を見てもらおうと思うんですが」

と、十津川がいうと、

「失礼ですが、すでに、指紋の照合で、別人と分かっているのに、どうして、そんなことを――？」

ときく。

「理由は、自分にも分からないのですが、どの程度、似ているのか知りたいのです」

と、十津川がいうと、

「分かりました。十津川さんのいった二人を連れて、明日、高崎に行くことにします。群馬県警には、十津川さんのほうから、女の遺体を火葬しないように、伝えておいてください」

「群馬県警には、すでに、了解してもらっています。では、明日――」

といって、十津川は、電話を切った。


翌日、十津川は、亀井刑事と二人で、高崎に向かった。が、三上刑事部長には、群馬県警との連絡としか、話さなかった。本当のことをいったら、「余計なことだ」と、反対するに、決まっていたからである。

京都府警の遠山警部補は、京都祇園の「クラブプチドール」のママとホステス一人を連れてきていた。

群馬県警の浅井警部が、集まった十津川たちを、死体安置所に、案内した。

クラブのママと、ホステスに、死体を見せる。とたんに、二人の女は、

「美紀ちゃん！」

と声を上げた。

「似ていますか？」

十津川が、声をかけると、

「似ているも何も、美紀ちゃん本人ですよ」

と、ママは、いった。

ホステスも、美紀本人だといったが、

「少し、太ったように見える」

とも、いった。

次に、二人には、女が身に着けていたものを見てもらった。

二人は、腕時計、腕時計だけに、反応した。

「この腕時計。美紀ちゃんは、一点豪華主義みたいなところがあって、この高い腕時計もその一つだったわ」

と、ママがいう。

「これ、安物でしょう?」

と、浅井警部が、いった。

「よく、オモチャにあるやつですよね」

たしかに、オモチャに見えなくもなかった。オモチャというより、安物の女性用時計か。

「バカね」

と、ママが、いった。

「有名なブランパンの女性用の腕時計ですよ。四つも、宝石が入ってるでしょう?

全部本物のルビーを使ってるわ」

「ガラスじゃないんですか?」

「本物ですよ。だから、四百万はしますよ」

と、ママは、ちょっと笑った。

「そのブランパンの時計を、美紀さんが、していたんですね?」

十津川がきいた。

「ええ。自慢してましたよ」

「いつ頃のことですか?」

「いなくなる一カ月くらい前かしらね」

「この腕時計、本物かどうか、調べてみましょう。てっきり安物だと思っていたので」

と、群馬県警の浅井警部がいった。

彼が、市内の時計店に、腕時計を持って行っている間、十津川は、ママと、ホステスの二人にきいた。

「あの腕時計が本物だとしてですが――」

と、いうと、ママは笑って、

「本物に決まっているわ。実は、美紀ちゃんが、してきたんで、羨《うらや》ましくて、祇園の時計屋さんに行って、いくらぐらいのものか、きいたんですから」

「あれ、ブランパンの有名なシリーズものなんです。ルビーを、四カ所、十二時、三時、六時、九時のところにはめてあるでしょう。ルビーではなくて、エメラルドのものもあるの」

「それが四百万？」

「ええ」

「美紀さんは、姿を消す一カ月前に、あの腕時計をしてきたんでしたね？」

「ええ」

「美紀さんは、自分で買ったといってましたか？　それとも、誰かに買ってもらったと？」

「いくら聞いても、ただ笑ってましたよ。借金の返済もあったはずだから、誰かに買ってもらったんだと思いますよ」

と、ママが、いう。

「京都で、皆さんがひいきにしていた高級腕時計を売ってる店がありますか？」

「ええ。ありますよ。四条通《しじょうどおり》に、『みうら』という宝石店があります。その店で、高級時計を売ってます。ブランパンもね。京都にも、デパートがあるから、シャネルや、グッチのコーナーのように、ブランパンのショップがありますけどね」

と、ママが、いった。

「まずは四条通の宝石店『みうら』をあたってみよう」

十津川は、確認したところで、ママと、ホステスと別れ、また、京都へ行くことを決めた。

2

京都へ着くと、タクシーで、四条通の「みうら」に向かった。

午後六時五分。まだ、その店は、開いていた。大きな店で、半分が宝石店、あとの半分が高級時計の売場になっていた。

二人は、高級時計売場に行き、警察手帳を見せた。

群馬県警から、借りてきたブランパンの腕時計の写真を見せて、

「この腕時計は、ひょっとして、こちらで売ったものではないかと思いましてね」

「少々、お待ちください」

と、店員は、いい、まず、十津川がメモしてきた腕時計に刻《きざ》まれた番号を調べ、次に、奥から持ち出した販売記録を調べ始めた。

「分かりました。昨年の五月に、牧野美紀さまがお買いあげになっています」

という。

「牧野美紀さんが、一人で、買いに来たんですか？」

「お一人で、見えました」

「ここでは、いくらで、美紀さんに、売ったんですか？」

「七百万円です」

「七百万？　私が聞いたところでは、四百万円ということでしたが」

「そのとおりです。スイス本社のほうから、四百万で販売するようにと、要請がありました」

「それを、こちらでは、七百万というのは、少し、おかしいんじゃありませんか？」

「二つで七百万ですから。一つ四百万ですが、二つも同時にお買いあげくださったので、七百万ということにさせていただきました。それと、この時、一つしか在庫がありませんでしたので、急いで、東京の本社から一つ取り寄せ、三日後にお渡しすることができました。プレゼント用ということでした」

「二つですか？」

「そうです。牧野美紀さんに、どなたかに贈るのですかと、おききして、笑われてしまいました。そんなことをきいて、どうするのといわれて――」

「確認しますが、四つのルビーが使われているこの腕時計と、全く同じものをもう一つ、買ったんですね？」

「そうです。ブランパンで、円形の女性用腕時計、ルビー四つを使ったものと、細かく指示されました」

「七百万は、現金で払ったんですか？」

「いや。五十万だけ、現金で払っていただき、あとの六百五十万は、こちらの銀行に振り込んでいただきました。牧野美紀さんの名前で、振り込まれていました」

「その後、問題は起きていませんか？」

「問題は、何も起きていません」

「美紀さんは、最初から、このルビーをちりばめた腕時計を二つ買うつもりだったんでしょうか。それとも、途中で、二つに個数を増やしたんですか？」

「最初から二つでした」

「その時、どう考えました？」

「そうですねえ。片方は、身内の方、たとえば、お母さんとか妹さんに贈るんじゃないかと考えました。でも、牧野さんは、お母さんは、もう亡くなっていらっしゃるし、姉妹はおられないと、ご本人からお聞きして、なおさら、贈り先に興味を感じましたが」

「もう一度、確認したいのですが、牧野美紀さんは、一人で、この店に来たんですね？」

「そうです」

「そして、高価なルビーつきの腕時計を、二つも買った」

「そうです」

「今日、私が持参して見てもらった写真の腕時計ですが、少しおくれて牧野さんに渡したほうですか。それとも、店にあったので、その場で、牧野さんが、持ち帰ったほうですか？」

「登録しているナンバーから見て、あとで、現物をお渡ししたほうですね」

「つまり、牧野美紀さんが、プレゼント用にしたかもしれないほうですね？」

「ええ。そうなりますね」

と、店員がいう。

「四百万の腕時計か」

と、十津川は、つぶやいた。

今のところ、身元不明の女が、腕にはめていた腕時計である。

一年ほど前に、牧野美紀が買った腕時計だと、分かった。とすれば、美紀が、プレゼントしたものと思われた。

二人は、どんな関係だろうか？

顔が似ていたから、姉妹と考えたいが、京都の牧野夫婦には、子供は、美紀しかいなかった。

もう少し、飛躍して考えれば、たとえば、美紀が、車にはねられそうになり、たまたま、現場にいあわせた女性に助けられた。そのお礼に、あの腕時計を贈った、という推理はどうだろう？　可能性は低いが、全くあり得ない話ではない。

しかし、そうした場合は、現金をお礼に渡すのではないだろうか？

ほかには、高校時代の話で考えられるものはないだろうか。美紀は、地元京都の高校を卒業したあと、水商売に入っている。たとえばその高校時代に、好きな同性の先輩がいた。卒業後も、二人の関係は続き、一年前の先輩の誕生日に、あの高価な腕時計をプレゼントした。このようなケースは、あり得ないだろうか。

そこで、十津川は、また、美紀が卒業した高校へ行き、担任の教師や、同窓生に会った。

在学中、西本刑事とは別に、美紀に好きな同性の先輩がいたかどうかをきいた。

「そんな先輩はいなかったと思います。彼女は、男子生徒にはもてました。好きな男の子がいたのは知ってます。でも、社会人になってからすぐ別れたと思いますよ。その男の子が、間もなく、別の人と結婚してしまいましたから」

と、当時の担任の教師がいった。

もう少し、詳しく話してくれたのは、同窓だった女性だった。

「その男子学生のこと、よく知ってますよ。そば屋の新井《あらい》君といって、野球部の選手でした。卒業後も、美紀ちゃんと、しばらく付き合っていたみたいだったけど、彼女のほうがほかに大事なことが出来たらしくて、ふられたっていってました。だから、彼、二十四歳になって、さっさと結婚してしまったみたいですよ」

「ほかに大事なことって、何ですかね？」

と、十津川が、きいた。

「美紀ちゃんは、水商売に入ったから、その仕事のことじゃありませんか？　あの世界は競争が激しいのでしょう」

「しかし、ホステスの仕事をしていても、恋人のいる女性はいくらでもいるんじゃないかな」

「そういえば、そうだけど――」

同窓生が首を傾《かし》げた。

十津川は、別のことを考えていた。死んだ西本刑事は、達磨寺で、特別の祈禱を頼んでいた。その時の言葉。

「彼女の苦しみを共有すること」

である。達磨寺の住職は、その時、西本が、書いた言葉だと教えてくれた。

二人は、愛し合っていたと、十津川は、見ている。十津川だけではない。同窓生の野々村恵子も、そういっている。

だが、それなら、そして特別な祈禱を頼むなら、普通、「愛の成就《じょうじゅ》」とか「結婚」とかを頼むのではないか。

それなのに「彼女の苦しみ」であり、「共有」である。いったい何のことなのか、分からない。分からないが、十津川は、この奇妙な言葉が、事件の鍵だと、考えていた。

しかし、誰にきけばいいのか。

十津川は、京都府警の遠山警部補にあるものを頼むことにした。頼んだのは、美紀が両親と一緒に撮った写真である。

その写真を、京都駅のホームで、十津川は受け取った。

写真は、二枚である。

彼女が、五歳の頃の写真と、十七歳の頃のものの二枚だった。

東京までの、二時間三十分。十津川は、じっと二枚の写真を眺《なが》めて過ごした。

東京駅に迎えに来ていた亀井刑事と、駅構内のカフェに入り、コーヒーを頼んでから、二枚の写真を亀井に渡した。

「牧野美紀と両親の写真だ。カメさんの感想を聞きたい」

といってから、コーヒーを口に運んだ。

亀井は、じっと、写真に、眼をやっていたが、

「とんびが鷹《たか》を生んだ、ですかね」

といった。

「そうなんだよ。そうなんだ」

十津川が嬉《うれ》しそうに、いった。その言葉に、亀井のほうが、戸惑《とまど》ってしまった。

「何がですか？」

「今、カメさんがいったじゃないか」

「とんびが鷹、ですか？」

「そうだよ」

「意味がよく分かりませんが――」

「似てないんだよ。五歳の時は、分からないが、高校二年の時は、はっきり分かる。美紀の顔が、父親にも母親にも、似てないんだ。よく見てくれ。カメさんも似てないと、いったじゃないか」

「私は、両親のほうが、地味な感じで、それに対して、娘のほうが、高校生の時から、派手というか、華《はな》やかな感じなので、それをいっただけですが」

「カメさんは、感じでいったんだろう。私は、両親の顔と、美紀の顔を細かく見ていった。眼、鼻、口、それに、全体の作りだ。かなり違っている。三人の血液型を調べれば、はっきりするはずだが、私は、美紀は、この両親の実の娘ではないと、断定してても、いいと考えているんだ」

「今までは、達磨寺の境内で殺されていた女性が、牧野美紀本人ではないかと、そのことのほうに、重点がいっていましたが、警部は、どうして、両親のことを、考えておられたんですか？」

と、亀井がきく。

「私は、あくまでも、西本刑事が、達磨寺で特別の祈禱を頼んだ時の言葉に拘《こだわ》ったんだ」

「彼女の苦しみを共有すること——でしたね？」

「不思議な言葉だと思った。私は最初、牧野美紀が、不治の病《やまい》におかされているのではないかと考えた。それなら『彼女の苦しみ』という言葉に、合うからだ。しかし、それらしい話は、美紀の周辺から聞こえてこない。私が次に考えたのは、『血』ということなんだ。美紀の両親は、地味な存在で、娘の美紀とは、あまり似ていない。両者の間は、文字どおり、血の関係も薄いんじゃないかと考えたんだよ」

「つまり養女ということですか？」

「そうだ。両親との写真を見て、確信した」

「しかし、養子をもらう夫婦というのは、かなりいるんじゃありませんか？　養女だからといって、『彼女の苦しみ』ということにはならないと、思いますが」

「そのとおりだ。私は、ただの養子ではなくて、もっと深い何かがあると、思っている。普通、生活は豊かだが、子宝《こだから》に恵まれないとか、何代も続いた老舗《しにせ》なのに、家業を継《つ》ぐ子供がいないという時などに、養子をもらうことが多いと思うが、美紀の両親はそのどちらでもない」

「たしかに、父親はサラリーマンで、特別に大金持ちでもありませんでした」

「だから、誰も、美紀のことを、養女だとは、思わなかったんだ。そうなると、何かあると、考えたくなってくる。単なる養子ではなくて、複雑な何かだ。やはり、達磨寺で殺された女性の存在が、問題になってくる気がするんだよ。指紋が、一致せずに、美紀本人ではないと分かって、身元不明の女性ということになった。自然に、関心も薄れたが、私は逆に、何かあると思う。全く関係のない女性が、達磨寺で殺されるのは、出来すぎだと思うし、その上、よく似た女性だからね」

「だから、警部は、もう一度、調べて、美紀が四百万もする腕時計を、この被害者に贈っていることが分かったわけですね」

「まだ、断定はできないがね。二人の間に第三者が入っている可能性もあるからね」

十津川は、あくまで慎重だった。

「しかし、二人には、何らかの関係があることは、はっきりしましたよ」

「それを、私は、二人が姉妹、それも双子だったのではないかと、考えているんだよ」

と、十津川は、いった。

今から、二十八年前に、どこかで、双子の女の子が、生まれた。

片方は、京都に住むサラリーマン夫婦の子供として育てられ、もう一人は別の場所、別の夫婦の子として育てられた。

あり得ない話ではない。

成人した二人の子供は、各々《おのおの》、幸福な結婚をして、自分たちの子供を産む。それだって考えられないことではない。

ところが、ここにきて、事件が起きたに、違いない。

その結果、双子の一人、牧野美紀は、行方不明になり、もう一人の双子は、高崎の達磨寺の境内で、死体となって発見された。

美紀を愛し、彼女のために動いていた西本刑事も、殺されてしまった。

今、十津川が、持っている事件解決の武器は、そう多くはない。

西本刑事が残した言葉

「彼女の苦しみ――」

「それ、何なんだ？」

上信電鉄上州富岡駅

富岡製糸場（世界遺産）

四百万円の女物の腕時計

高崎の達磨寺

一見、多いようだが、捜査のヒントになるかどうかは、まだ分からないのである。西本が、富岡製糸場で殺された理由も、まだ不明なのだ。

「もう一度、原点へ行ってみよう」

と、十津川は、亀井に、いった。

「原点ですか？」

「富岡製糸場だよ」

と、十津川は、いった。

3

現在、もっとも不可解なのは、西本刑事が、富岡製糸場で、殺されていたことである。彼が、富岡製糸場や、世界遺産に、関心があるという話を聞いたことがなかったのである。

同僚の刑事たちも、西本から、富岡製糸場や、上信電鉄の名前を聞いたことはないと証言した。

だが、西本が、富岡製糸場の中で殺されていたことは、間違いないのだ。それに、上信電鉄の上州富岡駅に行っていたことも、事実なのである。

その謎を解かなければ、捜査は前進しないと、十津川は、考えていた。

新幹線で高崎まで行き、高崎から、上信電鉄に乗る。今日も、世界遺産を見に行く観光客で、混んでいた。上信電鉄が、強気になって、新型車両を投入したというのも、うなずける光景だった。

上州富岡駅で降りると、十津川は富岡製糸場には向かわず、市役所が設《もう》けた「世界遺産案内事務所」に足を運んだ。

市の管理課長が、事務所長になっていた。

事務所の中は、さすがに活気があった。

世界遺産をCMに使いたい場合は、この事務所に相談することになるらしい。

十津川は、近藤《こんどう》という所長に、警察手帳を見せて、協力を頼んだ。

「製糸場が犯罪現場に使われたことに、私どもも、困惑しています」

と、近藤は、いった。

「私たちも同じ気持ちですが、何か理由があってのことだと思います」

と、十津川が、いった。

「どう協力したらいいんですか？」

「富岡製糸場が、世界遺産になるまで、そして、なってからの出来事を、簡単に説明していただきたい」

十津川がいうと、近藤所長は、年表にしたものを、テーブルに広げた。

富岡製糸場は、世界遺産になって間もないので、年表といっても、長いものではなかった。

最初、明治時代に、国有会社として出発し、最後は民間に売却されている。

「世界遺産にするための運動は、大変だったでしょう？」

と、十津川が、きくと、

「その辺は、私たちは素人《しろうと》なので、東京にある民間会社に任《まか》せました。もちろん、国の了解も、とってです」

と、近藤はいい、その民間会社の代表者の名刺を見せてくれた。

江古田卓郎《えこだたくろう》

それが代表者の名前で、会社のほうは、「ジャパン21」という名前になっていた。

「この江古田というのは、どういう人ですか？」

と、十津川が、きいた。

「この方のお祖父《じい》さんは、太平洋戦争の末期、本土決戦に備《そな》えて、防衛計画が立てられた時、その計画立案のリーダー的存在でした。この時の厖大《ぼうだい》な知識を持ったまま終戦を迎えました。平和な時代になると、その知識は、彼にとって大きな力になりました。彼は、それを、政治力に変え、あるいは、富に変えたといわれています。その祖父から、父親をはさんで、政治力、経済力を江古田卓郎さんは引き継《つ》いだんです。江古田さんは、富岡製糸場の世界遺産登録への運動では、大きな力になってくれました。しかしその一方で、それ以上に、この運動の過程で、政財界への影響力をより大きくしていったんです。そんなこともあって、世界遺産登録へ向けて、運動していたスタッフの中から、江古田さんを危険視する声も出はじめて、世界遺産に推薦されたあと、運動の役員を辞退してもらうことになりました」

「それで、現在、江古田さんの影響力はゼロということですか？」

「一応、江古田さんは、役員ではなくなりましたが、私から見ると、影響力は、前よりも、大きくなったと思っています」

「それを示すようなことが、あったんですか？」

「富岡製糸場が世界遺産になったことを記念して、お祭りがあったんです。そのお祭りのメインイベントとして、ミス工女を選出するということがありました。表向きは、投票で選出したことになっていますが、実際には、審査委員だった江古田さんが強力に推《お》した女性が、ミス工女になりました。ミス工女には明治時代の工女の格好をしてもらって、祭りを盛り上げてもらいました」

その時の写真も見せてくれた。

きれいな女性が、着物姿に、髷《まげ》をゆって、笑顔を作っている。

その顔に、十津川は、見覚えがあった。

牧野美紀に似ているし、達磨寺で死んでいた女にも似ているのだ。

「このミス工女の名前は、分かります？」

と、きくと、

「牧野美紀さんです。江古田さんの推薦です」

という声が、はね返ってきた。

「住所は、京都ですか？」

「そうです。京都になっています。ミス工女には、日本中のどこからでも、立候補できましたから」

「このミス工女と、話をしましたか？」

「賞金百万円を渡して、おめでとうといったんですが、急用が出来たとかで、すぐ、京都に帰って行きましたよ。ほかの関係者にきくと、とにかく、寡黙《かもく》で、親しく喋《しゃべ》った人間は、いなかったようです」

「京都の牧野美紀だという身分証明書でも、提出させたのでしょうか？」

「推薦者の江古田さんが、履歴書を提出しましたから、何の疑いも持たずにです」

「彼女、牧野美紀さんじゃないかもしれませんよ」

「どうしてです？」

「今、私たちは、この写真の女性が、牧野美紀さんだと信じていますが、別に、指紋の照合をしたわけでもありません」

「そりゃあそうですが――」

「この女性と、そっくりな女性がいるのを、私は見てきたんです。危《あや》うく、同一人物と誤ってしまうところでした」

「そんなに似ていましたか？」

「完全に、同一人物だと思い込んでしまうでしょう。われわれは、指紋の照合をして、やっと、別人だと分かったくらいですから」

「このミス工女ですが、わたしたちは、ずっと京都の牧野美紀さんだと思っていたんですが、別人なのですか？」

「私は、そう思います」

と、十津川が、いうと、近藤は困惑した表情になって、

「しかし、江古田さんは、どうしてそんなことで、嘘をついたんですかね？　嘘をつく必要なんかありませんでしたよ」

「今、江古田さんは、何をしているか、分かりますか？」

「最近は、お付き合いがないんですが、私の知っている限りでは、いわゆるシンクタンクをやっていて、歴代の総理大臣に助言なんかもしていますね。名前はたしか『ジャパン21』のままだったかと思います」

と、近藤は、教えてくれた。

調べてみると、「ジャパン21」という会社は存在した。住所は、東京の平河町《ひらかわちょう》である。

十津川は、亀井と、「ジャパン21」を訪ねてみることにした。

千代田《ちよだ》区平河町は、日本政治の裏側が集まっている感じがする場所である。地理的にも、霞《かすみ》が関《せき》にほど近い。

タワービルの三十四階に、「ジャパン21」のオフィスはあり、「日本が変われば、世界も変わる」と書かれたポスターが入り口に貼ってあった。

三十四階まであがり、「ジャパン21」の受付に警察手帳を見せて、江古田卓郎代表に、会いたいと告げた。

とたんに、入り口に取りつけられた監視カメラが、ゆっくりと動き、

「十津川さん。奥の代表室においでください」

と、声があった。

十津川たちが、まっすぐ奥へ進むと、代表室のドアが開いて迎えられた。

江古田代表は、笑顔で、椅子をすすめてから、

「現職の刑事さんが、お見えになるのは、二年ぶりです。何のご用ですかな？」

と、きく。

「現職の、西本という刑事が、世界遺産になった富岡製糸場の敷地内で、殺されて発見されました。この事件を、私たちは捜査しているのですが、いちばんの疑問は、全く、富岡製糸場と、無縁の刑事が、なぜ、その敷地で、殺されていたかということなのです。その点、江古田先生は、あの工場が、世界遺産に登録されるのに、大きく貢献されたと聞きました。そうした先生に、何か助言でもいただければと考えて、お訪ねしたのです」

「たしかに、富岡製糸場が、世界遺産に登録されるように、微力を尽くしましたが、ほかの皆さんのご努力に比《くら》べれば、ささやかなものです」

「いや、ご謙遜《けんそん》が過ぎます。先生のお父さんも、お祖父さんも、政府に、あるいは世界に強い影響力をお持ちだったと伺《うかが》いました。世界遺産登録のような大きな運動には、どうしても、先生のお力が必要だったんだと思います」

「もし、私の力が、お役に立ったとすれば、嬉しいです」

「先生は、京都の牧野美紀さんをご存じですね」

「いや。どういう人ですか？」

「富岡製糸場が世界遺産になったのを祝って、ミス工女を選ぶことになった。その時に、先生は、審査委員を、やっておられたと聞きました」

「そんなことが、あったかもしれないが」

「その時、ミス工女になったのは、京都に住む牧野美紀という女性でした。これが、ミス工女です」

十津川は、富岡の事務所でカラーコピーしてきた、ミス工女の写真を、江古田の前に置いた。

江古田は、その写真を見ずに、

「今もいったように、忘れてしまったな。一年も前の話だし、それに、ミス何とかなどというのは、もともと、私がやるような仕事じゃないからね。申し訳ないが、あまり記憶にとどめていないんだ」

「しかし、この時、ミス工女になった牧野美紀さんは、先生が、強力に推した女性だと聞いていますが」

「いや、あれは審査委員の投票で決めたので、私だけで、決めたわけじゃない」

「現在、世界遺産・富岡製糸場の管理に当たっている近藤さんの話によると、表向きは投票で、ミス工女が決まったことになっているが、この時は、江古田先生の強力な推薦で、牧野美紀さんに決まったと、話してくれました。覚えていませんか？」

十津川は、じっと、江古田の顔を見つめた。

これで、動揺すると思ったのだが、江古田は、笑ったのである。

笑いながら、いう。

「十津川さんは、そこまで知っておられるのか。汗顔《かんがん》の至りというべきかな。実は、この時、ミス工女になった牧野美紀という娘は、京都祇園のクラブのホステスでね。一年くらい前だったか、その店に行った時に、出会ったんだ。甘えられてね。つい、うっかり、君をミス工女にしてやると約束してしまったんだ。ああいう時、男は、だらしがないね。近藤君が、今も気にしているんなら、明日にでも、手紙を書いて、謝罪しておきますよ」

と、笑いながら、いうのだ。

十津川が、黙っていると、

「そうだ。あなたが、また富岡に行くのなら、今、ここで、近藤君への謝罪の手紙を書いて、あなたに、託しますよ」

といって、机の引出しから、便箋《びんせん》を取り出し、万年筆に、インクを入れ始めた。

(何かおかしいな)

と、十津川は、江古田の顔を見直した。

ミス工女選出の時、投票で決めるべきなのに、強引に、自分の知っている牧野美紀を、ミス工女にしてしまった。

そのことは、今まで内密の話で、外に洩《も》れることはなかった。

それを、今、十津川が、江古田に、ぶつけてみたのである。

さぞ、狼狽《ろうばい》するだろうと予想したのだが、大げさに参《まい》った、参ったといっているものの、ほとんど平気なのだ。

(なぜなのか?)

平気なら、なぜ、ミス工女の件を、今まで内密にしていたのか?

十津川は、考えを変えた。

江古田は、この一件を内密にしてきた。しかし、それは牧野美紀を、強引にミス工女にしたからではないのだ。

「実は、もう一つ、大事な質問があるんですよ」

と、十津川が言葉を続けると、江古田の顔に、急に警戒の色が浮かんだ。

（やはり、ほかに触れられたくないことがあるのだ）

と、十津川は思いながら、

「先生は、牧野美紀さんを強引に推してミス工女にしてしまった。近藤さんも、そういい、先生も、そのとおりだといった。しかし、私は、もう一枚、嘘の皮がかぶせられていたと思っているんですよ。先生は、強引に、牧野美紀を、ミス工女にして、申し訳なかったという。しかし、私は、あの時、ミス工女になったのは、別の女性だったと思っているんですよ」

「何のことをいっているのか、さっぱり分からんね」

と、江古田は、いう。

彼は、自分に腹を立てているように見えた。

「今回の事件には、もう一人、若い女性が絡《から》んでいます。もちろん、先生も、よくご存じの女性だと思うのですが」

「――――」

今度は、江古田は、黙ってしまった。

十津川は、構わずに続けた。

「彼女は、すでに亡くなっています。一週間ほど前、群馬県高崎の達磨寺の境内で、何者かに殺されていたのです。最初、私たちは、牧野美紀だと思いました。それほど、よく似ていたのです。しかし、別人だと分かりました。ただ、全く、関係のない女性ではありませんでした。牧野美紀が、四百万円もするブランパンの腕時計をプレゼントしていたからです。しかも、ただ高価なだけではありません。全く同じ腕時計を二つ買い、一つを彼女に贈り、もう一つを、自分の腕にはめていたのです。その行為に、私は、牧野美紀の、強い意思表示を、読むことができるのです。自分と、彼女とは、ただ、背格好や顔が似ているだけではない。もっと、強いものがあるという意思表示です」

「――」

「私は、それを『血』だと考えました。二人には同じ血が流れているに違いない。つまり、姉妹、それも双子ではないかと、考えたのです」

「――」

まだ、黙《だんま》りかと、思いながら、十津川は、話し続けた。

「ただ、私が戸惑ったのは、彼女、仮にA子としますが、突然、私たちの前に現われました。しかも、死体で、ということなのです。もっと前から、姿を見せていなければ、おかしいと、思ったのです。そんな私の疑問は、ここにきて、やっと答えが見つかりました。富岡製糸場が世界遺産になったのを機に、ミス工女選出があり、牧野美紀が、ミス工女になったと、知ったからです。この時のミス工女は、実は、牧野美紀ではなく、A子だったに違いないと、私は、思った。いや、確信しました。つまり、その時からA子は、人々の前に牧野美紀として姿を見せていたのです」

「――――」

「しかも、江古田先生が、A子の背後にいると、分かりました。今、私は、先生がA子のこと、A子と牧野美紀の関係を、正直に話してくださることを、期待していきます。先生に協力していただければ、捜査は大きく進展するに違いないと確信しているのです」

「――――」

まだ、黙《だん》りかと、十津川は、次第に、腹が立ってきた。

「先生は現在、このシンクタンクの代表として、歴代内閣、総理大臣に、多くのサジェスチョンを与えていると聞いています。そのご活躍ぶりは、尊敬しています。しかし、私と部下の刑事は、殺人事件の捜査をしています。この捜査では、先生でも、例外というわけには、いかないのです。失礼ですが、先生も、容疑者の一人でしかありません。先生と牧野美紀の関係、先生とA子の関係にも、捜査のメスを入れていくことになります」

「私を、脅《おど》しているつもりか？」

やっと、江古田は、口を開いた。

（脅かすな、ということか）

十津川は、内心、苦笑しながら、

「協力を、お願いしているのです。先生が、知っていらっしゃることを、全て、話していただきたいのです」

「やはり、脅しているんじゃないか」

と、江古田が回りくどいいい方をする。

「いえ。捜査に協力していただけないのなら、こちらで勝手に捜査を進めます。邪魔をされれば、公務執行妨害ということもあります」

「分かった」

やっと、江古田は小さくうなずいた。

「何を話したらいいのかね？」

「まず、先生と牧野美紀の関係、A子との関係を教えてください」

と、十津川は、いった。

「その前に、コーヒーを飲みたいね」

江古田は、やっと、笑顔になり、代表室にコーヒーを運ばせ、十津川と亀井にもすすめた。

十津川は、ポケットの中で、ボイスレコーダーのスイッチを入れた。

4

「私の祖父の話から、聞いてほしい。そのほうが、分かりやすいからだ」

と、江古田は、話し始めた。

「江古田家というのは、男は、必ず陸軍に入ることになっていた。陸軍幼年学校、士官学校、そして陸軍大学校を卒業し、陸軍の根幹になることを志《こころざ》してきた。私の祖父、勇士《ゆうじ》も、陸大を優秀な成績で卒業すると、大本営陸軍参謀本部に入った。しかし、祖父は、いわゆる軍人官僚のように、戦場には行かず、参謀本部に閉じ籠《こ》もって、命令だけすることは嫌いで、苦戦をしている戦場があれば、参謀本部を飛び出して行き、現場で、苦戦の理由を考え、対応したので、飛び廻る参謀と呼ばれていたんだ」

「しかし、戦況は、悪化していったんじゃありませんか？」

「そうなんだ。祖父が参謀本部に入った頃から、戦況は悪化していった。そして、フィリピンが戦場になる日が近づいていた。この時、フィリピンにいたのは陸軍第十四軍で、司令官は、黒木篤徳《くろきあつのり》だった」

「その名前を、何かの本で読んだことがありますよ」

「それなら話しやすい。参謀本部では、次にアメリカ軍は、フィリピンに侵攻してくると考えて、黒木司令官に、フィリピンの防備強化を命令した。ところが、黒木司令官は、命令を守るどころか、ゴルフに明け暮れているという噂《うわさ》が聞こえてくる。そのうちに、自分の好きな女を呼び寄せて、マニラ市内に囲っているという話まで聞こえてきた。参謀本部は、怒り狂って、叱責《しっせき》の電信を送り続けたが、祖父は、すぐ、陸軍の飛行機でマニラに飛んで、黒木司令官に会った。参謀本部の命令に従わないのには、それなりの理由があるに違いないから、会って話を聞こうと思ったと、祖父は、いっていた」

「それで、話し合ったんですか？」

十津川は、辛抱《しんぼう》強く、きいた。

「黒木司令官は、これ以上戦うのは、無意味と、考えていたと分かった。この戦争は、必ず敗《ま》ける。敗けると分かっている戦いを、続けるのは、死者を増やすだけだ。防備を強化すれば、戦いは激しくなり、それだけ死者が増える。フィリピンの人たちの死傷者も増える。アメリカ軍が、やってきたら、全軍で、マニラを撤退し、ルソン島北部で戦う。マニラで市街戦をやったら、市民が巻き添《ぞ》えになって、何万人も死ぬだろうから、市街戦は、絶対に、やらない。人口の少ない島の北部で戦えば、犠牲は少なくできる。そう、黒木司令官は、いった。そこで、祖父は、ルソン島北部の戦いは、どんな決着になるんですかときいた。戦闘は、六週間で終わるという。理由をきくと、六週間で、弾丸も、食糧もなくなるからだといい、そのあとは、自分は、自決するが、兵隊たちは、アメリカ軍に降伏させると、黒木司令官はいった。祖父にいわせれば、黒木司令官には、戦争の結末が見えていたんだそうだ。だから、いちばんいいのは、戦争をやめること。それが駄目なら、市民を巻き添えにしないこと、最悪でも、弾丸と食糧がなくなった時点で降伏すること、黒木司令官は、そう決めていたんだ」

「しかし、そんな考えは通用しなかったわけでしょう?」

「もっとも愚《おろ》かな司令官だといわれ、山下泰文《やましたともゆき》大将と交替させられ、更迭《こうてつ》された」

「先生のお祖父さまは、その後、どうしたんですか?」

「マニラを去る時、黒木さんが、副官になっていた祖父に、あることを頼んだんだ。黒木司令官は、連日のように、ゴルフをやっていて、フィリピンの政治家や実業家といった上流階級と親しくなっていた。そうした生活の中で、フィリピンのミスター・ロバーツという実業家の娘と親しくなった。自分は、更迭されて、日本へ帰るが、その娘のことが、心配だから、できるだけ、力になってやってほしいと、黒木司令官に頼まれたんだ」

「しかし、結局、マニラで、市街戦があって、数多くの市民が死にますね？」

「新しくフィリピンにやってきた山下司令官も、マニラの市街戦には、反対だった。黒木さんと同じように、全軍をルソン島北部に撤退させて、戦うつもりだった。ところが、マニラ市内にいた二万の海軍が、頑《がん》として、マニラからの撤退に反対した。祖父は、山下司令官の参謀として、フィリピンに残って、海軍部隊の説得に当たった。ところが、海軍部隊を撤退させられないうちに、アメリカ軍の攻撃が始まってしまった。マニラが戦場になり、市民が次々に死んでいく。そんな中で、祖父は、黒木さんに頼まれたフィリピン娘を捜し廻ったといっていた。手がかりは、一枚の写真と、アリサ・ロバーツという名前だけだったともいっていた」

「それで、彼女は見つかったんですか？」

「いや。見つからないうちに、戦争は終わり、その後、祖父も亡くなった」

「それから、どうなったんですか？」

「父が、祖父の志を引き継いだ。死ぬ直前、娘の写真と、アリサ・ロバーツという名前を父に告げた。わが江古田家というのは、先祖から、私まで、引き継ぐのが好きなんだよ」

　ここで、江古田が、やっと、笑った。

「父は、やみくもに捜しても、見つからないだろうと考え、まず、政財界に影響力のある人間になることを考えた。この『ジャパン21』というシンクタンクも、もともとは、祖父の人脈を引き継いだ父が作ったものだ。父は、そのあと、フィリピンに足場を作るために、フィリピンから、砂糖を輸入する会社を立ちあげ、マニラに支店を設けた。父は、マニラに行くと、意識して、ワイロをばら撒《ま》いた。これから人捜しをするのだ。しかも若い娘である。フィリピンの警察に邪魔されないためのワイロだったんだ。ただ、このために、父は、フィリピンの男を射殺することになってしまった。父が、アリサ・ロバーツを捜すために、マニラ市内を歩き廻っている時、父が金離れのいいのを知っていた若い男二人に、襲われたのだ。相手は、拳銃を持っていたが、合気道をやっていた父は、逆に奪い取り、一人を射殺してしまったんだ。正当防衛かどうかで争ったが、結局、父は二年間、マニラの刑務所に、入る羽目《はめ》になってしまった。実は、その間に、アリサ・ロバーツは、黒木司令官を捜しに、単身、日本に来ていたんだ」

第五章　他者の眼

1

「これから先は、事実が半分で、私の想像が半分なんだ。どうか、そのつもりで、聞いてほしい」

と、江古田は、断わってから、さらに話を続けた。

「私の父、徳之助《とくのすけ》がフィリピンで殺人事件に巻き込まれて逮捕され、マニラの刑務所に入っている間に、アリサ・ロバーツは、今もいったように、黒木司令官に会いたくて、日本に来ていたんだ。この時にはすでに、黒木司令官は、踏切事故で、死んでいたんだが、彼の死については、いまだに、はっきりとしていない。調べればすぐに分かることだが、自殺したという説もあるし、殺されたという説もある。ただ、マニラの刑務所から、帰ってきた父は、はっきりと、黒木さんという人は、自殺などする人ではない、間違いなく、黒木さんは、誰かに殺されたんだ、それ以外には、考えられないと、いっていたよ」

「黒木さんは、どうして、殺されたとお考えですか？」

「黒木さんという人は、多くの人に、尊敬されていた人格者だったが、軍隊内には、黒木さんのやり方をよしとしない人が、何人もいた。フィリピンで、日本軍がアメリカ軍に負けたのは、黒木さんのせいだという人もいたし、中には、アメリカのスパイだという人までいたんだ。だから、もしかしたら、そうした人の中の誰かが、黒木さんを殺したのかもしれないな」

「もし、他殺だとすれば、いったい、どこの誰が黒木さんを殺したんですかね？　お父さんは生前、それについて、あなたに話しておられましたか？」

と、十津川が、きいた。

「いや、父は、他殺に、間違いないとはいっていたが、いったい誰が犯人なのか、という具体的なことはいわないまま死んでしまった。だから、その点は、今も不明のままだよ」

「そうですか。この件は、調べてみる必要がありそうですね」

「今いったように、アリサ・ロバーツは、黒木さんに会いたくて、日本にやって来た。しかし、彼女は、日本には、何の伝手《つて》もないんだから、簡単に、見つかるはずはないし、黒木さんは、その時は、すでに死んでしまっていたんだからね。父が、その時に、日本に、帰っていたら、アリサ・ロバーツを、助けることができたんじゃないかと思うが、父は、マニラの刑務所に入っていたのだから、アリサにとっては絶望的な来日だったといっていい」

「というと、アリサ・ロバーツさんは、黒木さんの死んだことを知らなかったし、黒木さんを知っている人にも会えなかったんですか？」

「そういうことだ。絶望的な状況にあったアリサは、身体を悪くして、児童施設の前で倒れてしまい、救急車で病院に運ばれた。その病院で、アリサは女の子を産《う》んだ」

「その女の子というのは、黒木司令官の子供だったんですか？」

「ああ、そうだ。が、その直後に、アリサ自身が、死んでしまった。アリサがうまく自分のことや、黒木司令官のことを、日本人に説明できていたら、何とかなったのかもしれないが、女の子を、産んだ直後に、亡くなってしまったので、この時生まれた女の子は、施設に、預けられた。その時、パスポートが、どうしても見つからなかった。母親の名前、アリサ・ロバーツという名前が記録されていたら、一年後、日本に帰ってきた父が、もっと早く、彼女を見つけられたと思うのだが、彼女は、児童施設を経営していた女性に、名前を付けられた。原田節子《はらだせつこ》という、どこにでもあるような平凡な名前だ」

「原田節子ですか。たしかに、平凡な名前ですね」

「彼女は、原田節子として、育てられたが、十八歳になると、その施設を、出なければならない規則だった。施設を出た原田節子は、死んだ母親と同じように、日本には、全く身寄りがない。そこで、食べていくために、自然に、水商売の世界へ入っていった。その頃、父は、まだ諦《あきら》めずに、アリサ・ロバーツを捜していたのだが、見つからないまま、時間ばかりが、どんどんと経《た》っていったんだ」

「それで、原田節子さんは、その後、どうなったんですか？」

「原田節子は、新宿《しんじゆく》や渋谷《しぶや》、池袋《いけぶくろ》といったところの、クラブで働いていた。母親によく似た美人だったし、ハーフという魅力もあって、人気があったという。しかし、心配して、いろいろと相談にのってくれる人間はいなかった。その後、原田節子は、今から、二十八年前に、たまたま日本に遊びに来ていたフィリピンの資産家との間に、子供を産んだ。双子の女の子だった。フィリピンの男に、惹《ひ》かれたのは、やはり彼女の血の中に、フィリピン人の血が、流れていたからかもしれない。双子の女の子を、産んだのだが、父親のフィリピンの男は、双子のうち、自分が気に入った妹のほうを自分の子供と認めて、フィリピンに、連れて帰った。原田節子は、姉のほうの女の子を連れて、京都に引っ越し、京都祇園のクラブで、働きながら、子供を育てることにした。その頃、私の父は、やっと、アリサ・ロバーツの行方《ゆくえ》を追って、原田節子のところまで、たどり着いていた。原田節子は、クラブで働きながら、子供を育てることに疲れ、その上、ぜんそくの発作に、時々襲われて、そのたびに救急車で、運ばれていた。そんな生活に、疲れたのか、ある時、店で知り合った年下の男と、心中《しんじゅう》してしまったんだ」

「――――」

「後で調べてみると、その男は、東京で、殺人を犯して、京都に、逃げてきていたんだ。彼は、警察から逃げるのに、疲れて、原田節子との心中に走ったのではないかと、いわれている。その時、やっと父は、原田節子が、心中したことを知った。彼女に、フィリピン人との間に子供がいることが分かった。その子は、祖父が尊敬していた黒木さんの、孫にあたるはずだった。そこで、すぐに、引き取って、父は育てることにした。ところが父は、マニラで二人のフィリピン人に襲われた時、そのうちの一人を、殺していた。刑期は終えて、マニラの刑務所を出て、日本に帰ってきていたんだが、殺されたフィリピン人の兄弟が、復讐に日本にやって来て、父の胸を刺して、殺してしまったんだ。それで父が作った『ジャパン21』という会社を、私が引き継いだんだ。私は、父から、黒木さんのことは、聞いていたが、私自身は、黒木さんのことをよく知らなかったし、祖父が、どんなに、黒木さんの世話になったのかということも分かっていなかった。父はマニラで工場を造って成功したのだが、それも、黒木さんのおかげだということが、後になってから分かった。父の後を継いで、『ジャパン21』の社長になった時は、黒木さんの恩というものは、私には、全く分からなかった。それに、父の後を継いでから、いろいろと忙しくなってきていたから、父に代わって、アリサ・ロバーツの孫娘を、育てるのが、面倒くさくて、申し訳ないとは、思ったが、金を出して、牧野夫妻という、子供をほしがっていた、会社員の養子として、育てて貰《もら》うことにした。私の申し出に、子供がいなかった牧野夫妻は喜んで、女の子を引き取ってくれた。彼女は、原田美紀から、牧野美紀という名前になった」

「なるほど。つまり、牧野美紀には双子の妹がいたというわけですね？」

「そのとおりだ。とにかく、原田節子の産んだ双子の一人は、牧野夫妻の一人娘という形で育てられた。牧野夫妻は、普通のサラリーマン家庭だったけれど、美紀の学費などは全て私が支払った。牧野美紀のほうも、そのうちに、自分が、牧野夫妻の、本当の子供ではないことを感じるようになっていたらしい。たしかに、よく見れば、両親と、美紀とは、顔が全く似ていないからね。そんなことから、自分の出生について考えるようになったんだと思う。そのせいか、成長するにつれて、美紀は、両親とよくケンカをするようになり、高校を卒業すると同時に家を出てしまった。ところが、数年のうちに、父親が、大きな借金を作り、その上、両親が立て続けに亡くなった。その借金を、美紀が背負うことになったので、実の母親と同じように、水商売の世界へ入っていくしかなかった。彼女の気持ちの上で、支《ささ》えになっていたのは、高校時代の同窓生で、西本という男だと、後になってから、私にも分かってきたが、西本というその男は、東京の大学を出て、警視庁に勤めていた。つまり、東京と京都の遠距離恋愛だったんだ」

江古田は、ここで、話を終えたが、今度は、十津川が、きいた。

「今お聞きした話の中で分からないことが、いくつかあるんですよ。答えていただけますか?」

「ああ、私に、答えられるものなら、何でも、答えるよ」

と、江古田が、いった。

「殺された西本刑事は、高崎の達磨寺に行って、彼女の苦しみを共有したいという祈禱を、住職に頼んでいるんです。彼女の苦しみを共有するという意味が分かりますか？　彼女というのは、もちろん、牧野美紀のことだと思うんですが、彼女の苦しみというのは、いったい何なのか、分かったら、ぜひ、教えていただきたいのです」

達磨寺の住職との約束はあったが、ここが勝負どころだと考えた十津川は、彼女の「苦しみ」について、きいた。

「そんなことまで、話さなくてはいけないのかね？」

江古田卓郎が、不満げに、十津川を見た。

「ぜひ、話してください。何しろ、殺人事件が、絡《から》んでいるので、ご存じでしたら、正直に、話してくださらないと困りますし、あなたにとっても面倒なことになりかねませんよ」

十津川が、少しばかり、きつい調子で、いうと、江古田卓郎は、宙に眼をやって、

「少し考えさせてほしい」

「あなたにとって、そんなに、難しいことなんですか？」

「いや、簡単なことだ。ただ簡単なことが、ここまで来ると、難しくなってくるんだ。何しろ、二人もの人間が、死んでいるからね」

と、江古田が、いった。

「もしかして、今までに、あなたが、話したことの中には、嘘が、あるんじゃありませんか？　それが、彼女の苦しみにつながっているんじゃありませんか？　牧野美紀のどんなことが、苦しみになっているんですか？」

「どうしても、話さなくては、いけないのかね？」

「繰り返しますが、これは、殺人事件の捜査ですから、あなたが、ご存じのことがあれば、全て、隠さず話していただかなければなりません」

「君が聞きたいのは、牧野美紀についての、話だね？」

江古田の言葉には、どこか、持って回ったようなところがあった。そこで、十津川は、自分のほうから、話を進めていくことにした。

「それなら、私のほうからいいましょうか？　これは、私の勝手な想像ですが、フィリピンの、防衛に当たることになっていた黒木司令官は、どうせ日本が敗けるなら、防衛の努力をしても仕方がない。それよりも、戦闘をせず、一刻も早く、和平に持っていきたい。そんな気持ちで、防衛の努力は放棄《ほうき》して、フィリピンの上流階級と付き合ったり、一緒に、ゴルフを楽しんだりしていた。そのうちに、フィリピンの上流階級の生まれというアリサ・ロバーツと関係が出来てしまった。違いますか？」

「それは話したとおりだ」

「その頃、あなたの、お祖父《じい》さんの江古田勇士さんは、黒木司令官の、副官になっていて、黒木さんとアリサさんのデートのお膳立《ぜんだ》てを、やっていらっしゃったんじゃないですか」

「ああ、そうらしい」

「ここから先は、私の想像ですが、そんなことをやっているうちにひょっとして、勇士さんは、アリサ・ロバーツさんと、関係を持ってしまった。そして、アリサ・ロバーツさんを、妊娠させてしまったんじゃないですか？　彼女は、戦後になって、黒木さんを捜しに日本にやって来た時、女の子を、産みましたが、その子は、黒木司令官の子供ではなくて、あなたのお祖父さん、江古田勇士さんの、子供だったんじゃありませんか？」

十津川が、きくと、江古田卓郎は、意外にあっさりと、

「正直にいえば、そのとおりだと思っている。父が、黒木さんに申し訳ないといったのを聞いたことがある。そのことは否定しないよ」

「しかし、あなたのお祖父さんは、おそらく、死ぬまで、そのことを、秘密にしていたんじゃありませんか？　何しろ、軍隊内では、自分が尊敬していた上官の女に手を出して、その挙句に、妊娠までさせてしまったわけですからね。その後、あなたの話

によれば、戦争が終わった後、アリサ・ロバーツさんは、黒木さんを、捜しに、日本にやって来た。その時、彼女自身は、お腹の中《なか》の子が、黒木司令官の子供ではなくて、黒木さんの副官だった、江古田勇士さんの子供であることを、もちろん、知っていたんでしょうね？」

「本人に、きいたわけじゃないが、知っていたと思うよ。父は、牧野美紀が子供の頃、三歳か四歳の時に、亡くなったんだが、よく見ると、彼女の顔は、私の父に、どこか、似ていたね」

と、江古田卓郎が、いった。

「念のために、もう一度確認しますが、アリサ・ロバーツさんご本人は、お腹の子が黒木さんの子供ではなくて、副官の江古田勇士さんの子供だということを、知っていたんですね？」

十津川が念を押した。

「ああ、知っていたと思うよ。母親だからね、どの男の子供なのか分かるだろう」

「アリサ・ロバーツさんは、そのことを分かっていながら、最後まで、お腹の子供の父親は、江古田勇士さんではなくて、黒木司令官だといっていたわけでしょう？　それは、なぜなのでしょうか？　どうして、彼女は、真実を、口にしなかったのでしょうか？」

「あの頃、フィリピンの人たちは、誰もが、黒木司令官のことを、尊敬していたからだと思う。何しろ、黒木司令官という人は、一刻も早く戦争を止《や》めて、日本とフィリピンが、仲良くできるようにしたいと、いつも、そればかりをいっていたという。フィリピンを戦場にしたくないともね。フィリピンの人たちは誰もが、黒木さんのことを信頼し、尊敬もしていたんだ。だから、アリサ・ロバーツも、お腹の中の子供の父親は、黒木司令官だと、ずっと周囲に、そういい続けていたんだと思うね」

「しかし、気になることもあります。西本刑事は、牧野美紀の苦しみを、共有するといいました。それはこの出生の秘密のことのような気がするんですが？」

「牧野美紀は、ひじょうに、頭のいい子だからね。自分の祖父母のことを知っていたのかもしれないね」

と、江古田卓郎が、いった。

「双子で、生まれた、もう一人の女の子はどうなったんですか？　あなたのお話だと、父親のフィリピン人が引き取って、マニラに連れて帰ったということでした。彼女が、その後どうなったのか、教えてくれませんか？　江古田さんなら、ご存じなんでしょう？」

「このフィリピンの男は、もう一人の女の子を、国に連れて帰った時は、羽振《はぶ》りがよかったんだが、その後、事業に、失敗してしまってね。その男、ロドリゲスというんだが、娘を呼んで、会社が倒産して立て直すのは難しい、お前は日本に行って、本当のお前の母の異母兄を捜しなさい、その名前は、江古田徳之助というから、名前を手帳に、書き留めて、日本に行って、会ったらいいといったという。ロドリゲスは、アリサ・ロバーツを捜す徳之助とどこかで接触していたんだろうね。娘は、父親の言葉どおり、一人で、日本にやって来た。日本に着いてから、父・徳之助を捜すことにした。幸いなことに、この頃になると、いろいろと分かってきていた私も、その話を人づてに聞いて、納得して彼女を迎えに、成田《なりた》空港に行ったんだ」

「その時に初めて、あなたは、双子のもう一人と対面したわけですね？」

「ああ、祖母と同じ名を持つアリサ・ロドリゲスという娘だった」

「それ以前には、全く、会っていなかったんですね？」

「ああ、双子のもう一人のことは、すっかり忘れていた。気にもしていなかった」

と、江古田は、いった。

「ちょっと、話題を変えても構《かま》いませんか？」

と、十津川が、いった。

「ああ、今度は、どんなことを、ききたいんだ？」

江古田は、眉を寄せて、十津川に、いった。

「私が、江古田さんに、おききしたいのは、富岡製糸場のことです。あなたと、世界遺産の富岡製糸場との関係は、富岡製糸場が、世界遺産になるための運動をした、それだけですか？」

十津川が、きくと、江古田卓郎は、一瞬戸惑《とまど》いの表情を見せてから、

「ここまで来たら、正直に話すよ。たしかに私は、あの製糸場が、世界遺産になるために、いろいろと運動したよ。もちろん、世界遺産に登録されてからは、イベントなどを企画して、『ジャパン21』という自分の会社の利益を得た。これは事実だ」

と、いった。

「その一つが、ミス工女ですね。あれも、あなたの会社に利益をもたらしたんですか？」

「私は、ミス工女になった牧野美紀のフィギュアを作って売ったんだ。彼女は美人だったからね、これが大当たりして、儲《もう》かったよ」

「しかし、西本刑事が、どうして富岡製糸場の中で、殺されていたのか、それが分かりません。それに、西本刑事が殺された理由もです。われわれがこれまでに、調べた

限りでは、西本刑事には、殺されなければならない理由や、富岡製糸場に、行かなくてはならない理由は、何一つないんですよ。この二つの謎については、何かご存じゃありませんか?」

十津川がきいた。

「おい、バカなことをいわないでくれよ。私が、そんなことを、知っているわけがないだろう。世界遺産となった、富岡製糸場に関係したイベントやグッズで、稼《かせ》がせてもらったことは、認める。しかし、富岡製糸場の中で、殺人事件が起きたからといって、私を、まるで、犯人みたいに、いうのは止めてほしいね。私は、西本刑事のことは、全く、知らないんだ。今回の殺人事件を報じた新聞の記事を、読んで、何で、世界遺産の中で、警視庁の刑事が、殺されなくてはならないんだと、不思議に思ったくらいなんだからね。今回の殺人事件と、私とは、全く無関係だよ。それだけは、強くいっておく」

「分かりました。今日は、いろいろと、話してくださって、ありがとうございました」

と、十津川は、礼をいった。

結局、この日は、江古田卓郎から、事件の解決につながるような話を、聞くことはできなかった。

2

このあと、十津川は、群馬県警の浅井警部に電話した。

「『ジャパン21』の代表江古田卓郎が、今回の殺人事件に何らかの意味で、絡んでいることは、間違いないと思うのです。残念ながらその証拠が、何一つ見つかっていません。できれば浅井さんに、ぜひとも、調べていただきたいことがあるのです」

十津川が、いうと、浅井警部は、笑いながら、

「十津川さんのご依頼とあれば、喜んで協力しますよ。調べればいいのは、どんなことですか？」

「私が、浅井さんに、調べていただきたいのは、江古田卓郎の祖父、江古田勇士のことです」

「江古田勇士ですか？」

「江古田勇士は、江古田卓郎の祖父にあたる人です。戦時中、黒木司令官は、フィリピンの防衛司令官で、江古田勇士は、副官でした。戦後、戦時中のフィリピンの上流

階級とのコネを利用して、利益を上げ、後の『ジャパン21』の基礎を作ったといわれるのですが、この、江古田勇士の復員後のことを、何とかして、知りたいのですよ。もしかしたら、富岡と何か関係があるような気がします。その点をぜひ、調べていただきたいのです。厄介《やっかい》な捜査だとは思いますが」

「分かりました。どこまで、調べられるか分かりませんが、とにかくやってみましょう」

浅井が、電話口で、快《こころよ》く、応じてくれた。

二日後、浅井警部は、自分が、調べたことを電話してきてくれた。亡くなった江古田卓郎の父、徳之助の元秘書だったという男からの、聞き込みだという。

「まず、江古田の祖父、江古田勇士のことですが、十津川さんが、話されたように、江古田勇士は、黒木司令官の副官として、参謀本部からフィリピンの防衛を、命令されていました。この戦争は、日本が敗けるに違いないと、考えていた黒木司令官は、なるべく、マニラ市内では戦いを行なわずに、日本軍やアメリカ軍、フィリピンの民間人たちに、死者が出ないようにしようと考えたのです。冷静に考えれば、日本は必ず敗ける。それなら、人間の犠牲は、なるべく小さくして、戦争が早く終わるように持っていこうと考えていた黒木司令官ですが、気に入った女性を、マニラ市内に囲ったり、フィリピンの政治家や財閥《ざいばつ》の人間と、毎日のように、ゴルフをして、コネを作ることもしていたのです」

「なるほど。黒木司令官には、そんな一面があったんですね」

十津川は、江古田卓郎からきいて知っていた話だが、黙っていた。

「そうなんです。防衛準備のために何もしない黒木司令官に怒った参謀本部は、黒木司令官を、更迭してしまうのですが、黒木司令官が、フィリピンの上流階級と、付き合っていたことは、戦後になって、大いに役に立ちました。しかし、そのコネをもっとも役に立てたのは、黒木司令官本人ではなくて、副官だった、江古田勇士だといわれています。戦後、江古田勇士と江古田徳之助が、フィリピンとの関係で、大儲けをしたが、それは、実は、黒木司令官が築いた人脈を利用したものだったのです。ところが、副官の江古田勇士は、黒木司令官が愛していた、フィリピンの上流家庭の娘アリサ・ロバーツと関係して、子供まで作ってしまいました。黒木司令官が作った、コネのおかげで、一儲けし、さらに、その子、つまり今の、江古田卓郎の父親、江古田徳之助も黒木司令官が作った人脈を利用して、フィリピンとの商売で、大きな利益を挙《あ》げています。父親の徳之助は、マニラ市内で、二人の暴漢に襲われた際、逆に、相手の拳銃を奪って、一人を射殺してしまい、二年間、マニラの刑務所で、服役しているのです。しかし、彼が、殺人という大きな罪を、犯したにもかかわらず、わずか二年という短い刑期で、済んだのも、これもまた、黒木司令官が、戦時中に築いておいた、フィリピンの、政治家とのコネがあったかららしいのです。徳之助が作った、『ジャパン21』という会社も、このコネのおかげで大きくなったと、いわれていますｏ それで、今の代表の江古田卓郎も、少しは、気がとがめたのか、牧野美紀と、フィリピンに国籍のある妹、アリサ・ロドリゲスの二人に対して、金銭的な援助を、始めたのです」

「どのくらいの、援助をしたんですか？」

「江古田卓郎は、牧野美紀に対して、昨年一千万円という大金を、渡したといわれています。ミス工女として活躍してもらう手付け金の意味もあったのでしょうし、元はといえば『ジャパン21』は、黒木司令官のおかげで大きくなったのですから、江古田卓郎が、牧野美紀を、経済的に援助しているからといって、手放しで誉《ほ》めることはできません。江古田卓郎の行動は、あくまでも、彼自身のための行動なんですから。また、彼は、牧野美紀だけではなくて、フィリピンから、日本にやって来たアリサ・ロドリゲスにも、具体的な金額は分かりませんが、相当な額を渡し、経済的に助けたようです。しかしこれも、いずれは美人姉妹として売り出す考えが、あったからのようです。江古田卓郎は、世界遺産、富岡製糸場の名前を使って、ミス工女の、コンテストをやったり、フィギュアを作って売って、大きな利益を得ています。全ての行為は自分の利益につながっているのです」

と、浅井警部は、いった。

「牧野美紀は、父親の借金がもとで、水商売へ、入ったのです。それなのに、七百万円の女性用の高級腕時計を、購入していました。その一千万円で買ったのかもしれません」

と、十津川は、いった。

3

「実は、いろいろと、聞き込みをやっている間に、ほかにも気になる話が、聞こえてきました。ただ、そういう、噂もあるというだけで、証拠があるわけではありません。十津川さんが、それでも構わないとおっしゃるのでしたら、お話ししますが」

と、浅井警部が、いった。

「お聞きしたいですね。ぜひ、話してください」

と、十津川が、促《うなが》した。

「江古田卓郎の祖父、江古田勇士ですが、彼は、戦争が終わると、すぐさま日本に帰ってきました。当時は、民間の会社だった富岡製糸場の労務担当に就職しています。これが、江古田と富岡との関係が出来たスタートだったと思われます」

「そうだったのですか」

十津川の勘《かん》は、的中した。

「自分の副官だった江古田勇士の消息を知って、黒木元司令官は会いに行ったと思われます。この辺は、はっきりしないのです。というのも、黒木さんは、この前後に亡くなっているからです。彼は、自分の子を宿したフィリピン女性、アリサ・ロバーツの消息を知りたかったと思うのですが、フィリピン決戦の前に更迭され、内地に強制的に帰されていたので、消息がつかめなかった。それで、復員してきた元副官だった江古田勇士に、アリサの消息を聞きに行ったことは充分に考えられるのです。ところが信頼していた副官の江古田が、実はアリサと関係していた。それを黒木さんが、知っていたかどうかで、この後の状況は、全く変わってきます。彼が、江古田勇士に会いに行ったあと、そのことに、気がついたのではないかと考えると、そのために、殺されたという可能性も出てきます。アリサ・ロバーツのお腹の子供は、自分の子供だとばかり思っていたのだが、ひょっとすると、副官、江古田勇士の子供ではないのだろうかと疑い、黒木さんは、追及したのかもしれません」

「なるほど。たしかに、その可能性は、ありますね。もしかしたら、江古田勇士は、アリサ・ロバーツを無理矢理、犯したのではないでしょうか」

「そうかもしれませんね。そうした負い目があった江古田勇士は、黒木さんに、問い質《ただ》されて、追い詰められたのでしょう。だから、製糸場の中で、黒木さんを、殺害してしまったのではないか。黒木さんの、愛するアリサ・ロバーツを汚《けが》した男への怒りは、大変なものだったでしょうからね。そのあと、江古田勇士は、黒木さんの死体を運び出して、上信電鉄の踏切に横たえ、電車に、轢《ひ》かせたのかもしれません」

「そうでしたか。黒木さんの踏切事故というのは、富岡であったのですね」

「はい、この頃は、戦後の混乱期で、簡単に、不注意で、電車に轢かれたとして、処理《じょう》されてしまったのでしょう。だいぶ後になって、江古田卓郎は、世界遺産登録に便《びん》乗して、動き始めるのですが、世界遺産に認定されたあと、関連するグッズの権利は全て、自分が手に入れるのです。ずいぶんあくどいことも、やったようです。とにかく、『ジャパン21』は、世界遺産になった富岡製糸場を、うまく利用して、わずか、数年の間に大きな利益を得ました。それが、現在の代表、江古田卓郎です。その一方で、江古田卓郎は、祖父の孫娘の世話をすることになると、平凡なサラリーマン家庭の牧野家に押しつけて、養子にしてしまいました。警視庁の西本刑事は、この事件に、興味を持って、休暇を取っては、群馬までやって来て、調べていたのではないでしょうか。おそらく、西本刑事も、江古田卓郎にとって、知られたくないことを、いくつか情報としてつかんでいたのかもしれません」

4

「江古田卓郎にとって、不運だったのは、牧野美紀の、恋人が刑事、それも、警視庁捜査一課に、所属するエリート刑事だったということです。西本刑事は、高校時代の同窓生であり、恋人の牧野美紀のことを心配して、折に触れて、彼女に電話をしたり、時には、彼女に会うために、京都に行ったりしていました。そのうちに、牧野美紀の祖父ということになっていた黒木元司令官に、興味を持ったり、富岡製糸場が世界遺産になった時、一儲けをしたという江古田のことにも、西本刑事は、関心を持つようになっていったのではないでしょうか？　黒木さんの死は、殺人ではないかという噂が出たり、殺された現場は、富岡製糸場の中ではないかという話も、聞いたはずです。そのうちに、牧野美紀の姿が分からなくなり、その行方を西本刑事は追っていた。そして、牧野美紀を捜し求めていた西本刑事は、富岡製糸場で、殺されてしまったのです。一緒にいた二人の男が、疑われていますが、ほかにも一緒に、富岡製糸場に、入った者がいたのではないかとも考えられます」

「それが、江古田卓郎だというわけですか？」

「そのとおりです。西本刑事は、江古田卓郎と一緒に、黒木元司令官殺害現場かもしれない、製糸場の中に入って、いろいろと、質問をすれば、何か分かるのではないかと考え、江古田卓郎のほうは逆に、いろいろとうるさく聞いて回る、西本刑事を、富岡製糸場の中に、連れて行けば、どの程度、真相に近いことを、知っているのかが、分かるのではないかと考えて、製糸場に、一緒に入ったのだと思いますね。ところが、西本刑事が、真相に、近いことを知っている。このまま、放っておいては、危険な存在になると分かって、製糸場の中で西本刑事を殺してしまったのではないか――」

浅井警部の言葉に、十津川は、小さくうなずいて、

「たしかにそうですね。今、浅井警部がいわれたように、考えていくと、動機としては、説得力が、ありますね。なぜ、西本刑事が、富岡製糸場の中で、殺されていたの

か、どうして、殺されなければならなかったのかの説明もつきます。青酸入りの飲み物をのまされたのも、製糸場の中でだったのでしょう」

「江古田卓郎は、世界遺産に登録された、富岡製糸場の知名度と、人気を、最大限に利用するため、ミス工女コンテストを、開催しました。牧野美紀をミス工女に当選させて、それでまた、一儲けを企《たくら》みました。商売自体は、江古田卓郎の思惑《おもわく》どおりに、うまくいって、『ジャパン21』は、大きな利益を挙げました」

「それは、江古田卓郎自身も認めていましたよ」

「ところが、ミス工女に仕立て上げられた牧野美紀は、江古田卓郎と接しているうちに、次第に、事件の真相に、気がついたのではないでしょうか？　かつて、黒木司令官と関係があった、祖母のアリサ・ロバーツのこと、母親のこと、そういったことが、少しずつ、分かってきた。しかし同時に、江古田卓郎の怖さを知った牧野美紀は、行方をくらましてしまった。これからいろいろな形で稼がせてもらうはずだった、ミス工女がいなくなってしまい、江古田卓郎は慌てたでしょう。そこで、ちょうど来日していたアリサ・ロドリゲスを、牧野美紀の代わりとして、ミス工女に仕立て、グッズやイベントで利益を得たのです。しかし、アリサ・ロドリゲスもまた、牧野美紀と同じように、江古田卓郎の真実に気づいてしまった。彼女は、牧野美紀と違って、江古田卓郎を、厳《きび》しく追及したのではないでしょうか？　とにかく、ミス工女の代役になったアリサ・ロドリゲスが、主催者の江古田卓郎を追及して、醜聞《しゅうぶん》を明らかにすれば、マスコミの格好の話題で、江古田卓郎の名誉は失墜《しっつい》します。窮地《きゅうち》に追いやられることになるでしょう。そこで、江古田卓郎は、アリサ・ロドリゲスを高崎の達磨寺に連れ出して、口封じのために殺してしまったのではないか。もちろん、今のところは、確たる証拠はありませんが、この推理は、それほど間違っているとは思えないのです」

と、浅井はいった。

「浅井さんは、まだ二十代ですか？」

十津川が、ふいに、質問した。浅井は、「え？」という顔をして、

「もう三十二歳です」

「完全な戦後生まれですね」

「十津川さんだって、そうでしょう？」

急に、変な話に、なっていったが、十津川は真面目だった。

「私は、全く戦争を知りません。戦後の苦しい生活も分かりません。何しろ、戦後七十年ですからね。それでも捜査中に、突然、八十代、時には、九十代の人の死体にぶ

つかることがあるんです。一見、自分とは生きた時代が違うと、思うんですが、捜査を進めているうちに、今の自分とこの人たちの人生はつながっているということに、気づく時があるんです。それは、否応《いやおう》なしです。私が日本人だからという一点で、つながっている。私自身が日本人であることを嫌っていたとしても、そのつながりを断ち切れないし、戦争に参加したわけではないといっても、それは通用しないことがある。そんな時、私は、二つの感情に襲われるんです。一つは、日本人であることを嫌悪する感情。日本人で損をした、なぜ自分が生まれてもいない時代のことに責任を負わなければならないのかと思ってしまう。反対に、日本人で良かったと感じる時もあります。自分がまだ生まれていない時代でも、誇りに思う時があります。どんな時に、日本人として誇りを抱くか。昔は、その日本人が勇敢《ゆうかん》に戦ったということでした。だが、最近は、人間として立派な行ないのほうに惹《ひ》かれますね。太平洋戦争は、沖縄戦以外、外国の土地で戦ってきたので、そのことを強く感じるのかもしれません。今回の事件では、フィリピンでの戦争が、尾を引いています。日本兵にとっても、アメリカ兵にとっても、外国の土地です。そこを戦場にして、両国が戦ったんです。日本軍は、日本のために、アメリカ軍はアメリカのためにです。いくら、勇敢に戦っても、フィリピンの人たちにとっては、いい迷惑だったと思います」

十津川の言葉に、浅井が、微笑して、

「今回の事件を担当してから、フィリピンのことを知りたくて、日本に来ている、フィリピン人の大学教授に会って、戦争中の日本兵とアメリカ兵について、どう思うかきいてみたんです。彼は、こういってました。戦争のはじめ、日本兵はフィリピンをアメリカの植民地から解放するといって乗り込んできた。戦争の末期になると、今度は、日本の圧政から解放するといって、マッカーサーのアメリカ兵が上陸してきた。どっちも嘘つきだと笑ってましたね。日本兵は黄色い帝国主義者、アメリカ兵は白い帝国主義者だと思っているというのです」

「なるほど。戦場になったフィリピンの人から見れば、そうとしか見えないでしょうね」

「黒木さんについても、その教授にきいたことがあるんです。彼は、日本に来て、黒木司令官が、日本一の愚将《ぐしょう》といわれたり、卑怯者《ひきょうもの》といわれているのを知って、びっくりしたというのです。黒木さんは、この戦争は勝てないと分かっていたので、戦争を早くやめることだけを考えていた。だから、参謀本部から、フィリピンの防衛を強化しろと命令されても、何もしなかった。日本側から見れば、愚将だし、戦争嫌いの卑怯者でしょう。だから、すぐ更迭されてしまったわけですが、フィリピン人から見れば、全く違う見方になるというのです。黒木さんが、フィリピン防衛の司令官を続けていたら、アメリカ兵が上陸して戦闘になっても、戦闘は早く終わったし、フィリピン人の死者も少なくてすんだはずだというのです。しかし実際は、どうなったかといえば、日本軍は、マニラ市内にとどまって、アメリカ軍と戦ったのです。マニラの中心部は人口百万、周辺を入れると数百万です。その住民を巻き込んでの戦いですから、当然、多数のフィリピン人が死んでいます。だから、フィリピン人の眼から見れば、黒木さんが司令官だったほうがよかったと、彼はいうのです」

「重い言葉ですね」

と、十津川はいった。

「今度の事件では、同僚の西本刑事が、殺されたことで、どうしても、彼の立場から、事件を見てしまいます。時には、フィリピン人の眼、アメリカ人の眼で、事件を見るべきかもしれませんね」

第六章　総括

1

　十津川は、ここで一度立ち止まり、今回の事件をまとめて手帳に書き記《しる》し、同時に、現在の疑問点や、これまでの捜査で、気がついたことなどを、整理してみることにした。

　十津川と刑事たちは、今年の三月五日に、同僚の西本刑事が、群馬県の世界遺産、富岡製糸場の敷地内で殺されていたことから、今回の事件が、始まったと考えている。この考えは、別に間違ってはいない。

　十津川たちが、この事件の捜査に参加したのは、西本刑事が、富岡製糸場の敷地内で殺されていたから当然なのだが、おそらく今回の事件は、十津川たちが、関係するかなり前から始まっていたのである。

西本刑事は京都に生まれ、京都の高校を卒業した後、東京の大学を卒業している。その後、西本は警視庁に就職し、牧野美紀は、京都で水商売の世界に入っている。二年前、高校生の時の同窓生、美紀を好きになり、東京と京都の遠距離恋愛を、スタートさせた。

十津川たちが、今回の事件の捜査を始めてから、西本刑事の周辺を調べていくと、去年の六月に、風邪という理由で突然休みを取っていたことが分かった。

その時は群馬県の富岡に行き、高崎から出ている上信電鉄の、上州富岡駅のホームにいて、出発する上信電鉄の車両を、写真に、撮っていたことが分かった。

また、西本刑事について調べていくと、自然に遠距離恋愛の相手、牧野美紀のことも分かってきた。

牧野美紀は、西本と、同い年の二十八歳。京都市内の同じ高校を卒業していたが、OLになってから、祇園で、水商売に入り働いている。

そこで、牧野美紀の両親についても、調べることになった。

京都で、父親は、サラリーマンをしていたが、詐欺に遭い大きな借金を抱えることになった。娘の美紀が、両親の死後、祇園のクラブに勤めるようになったのは、そうした経済的理由からだろうと、十津川たちは考えたのだが、さらに、調べを続けていくと、牧野美紀は、牧野夫妻の実子ではなく、養子だったことも、分かってきた。

捜査でもう一つ分かったのは、美紀の祖母は、フィリピン人で、名前はアリサ・ロバーツだということだった。

昭和十九年、戦局は、日本に不利になっていて、はっきりいえば、勝利の時代は、すでに過ぎて、敗北の時代に、入っていたのである。

その時、フィリピンの防衛に当たったのは中将の黒木司令官で、彼は、今回の太平洋戦争の中で、ほかの日本軍の司令官とは全く異《こと》なった戦局の見方を示していた。

日本は、必ず戦争に敗ける。それなのに、日本軍は、アメリカ軍のフィリピン上陸を予想して、それに対する防衛努力をし、海岸に、トーチカや砲台を作ることを計画した。

しかし、それは、結果的に、アメリカ軍と、日本軍の死傷者を増やすことになるし、さらにいえば、フィリピン人にも、大きな損害を与えてしまうことになる。

それなら、フィリピンの防衛に力を尽《つ》くすより和平を考えたほうがいい。アメリカ軍が上陸してきたら、その前に日本軍は、マニラから撤退し、マニラを、無防備都市として宣言する。そして、ルソン島の北部でアメリカ軍と戦う。

黒木司令官の計算では、その戦いは六週間で、終わる。なぜなら、六週間で、日本軍の、弾薬も食料も、尽きてしまうからである。

その時には戦闘を止め、アメリカ軍に、降伏する。黒木一人が自刃《じじん》すれば、すむ。そのつもりだから、黒木司令官は、東京の大本営からの、指示には従わず、防衛努力もせず、連日フィリピンの上流階級と、食事をしたり、ゴルフを、楽しんでいた。

黒木司令官は、身近に迫ったアメリカ軍との戦闘よりも、戦争が終わった後の、日本とフィリピンとの関係のほうに、気持ちが走っていたのである。

マニラでフィリピンの上流階級と付き合っていた黒木司令官は、フィリピンの実業家ミスター・ロバーツと、交流を深めていくうちに、彼の娘アリサ・ロバーツとも親しくなっていった。

黒木司令官は、フィリピンの防衛に、全く力を入れず、フィリピンの、政治家や実業家とゴルフを楽しみ、マニラの市内には好きな女性を囲っているらしいという噂まで、出てきた。こうなってくると、東京の大本営は、激怒し、黒木司令官を更迭し、日本本土に送り返し、現役から、予備役《よびえき》に移してしまった。

黒木に代わって、新しく、フィリピン防衛の司令官になったのは、山下大将である。

山下は着任するとすぐ、フィリピンの島々を、調べて回った。

その結果、前任者の、黒木司令官が、フィリピンの防衛を強固にするための努力を全くしていなかったため、防備が、手薄となり、これでは、アメリカ軍が上陸してくれば、たちまち、日本軍は、撃滅されてしまうということが分かった。

がくぜんとした山下大将が決断したのは、まず、マニラを防衛している日本軍を、ルソン島の北部に、撤退させ、マニラの無防備都市宣言をすることだった。

山下が率《ひき》いる陸軍は、彼の命令どおりに、ルソン島北部への撤退に従うことになったが、マニラ市内にいた海軍部隊は、頑《がん》としてマニラからの撤退を拒否した。

こうなると、陸軍だけがマニラから撤退するわけにはいかなかった。その結果、黒木の恐れていた市街戦が始まってしまい、日米両軍が傷ついた。しかし、それ以上に被害を受けたのは、フィリピン人だった。マニラ市民だった。

昭和二十年、日本の敗北で、戦争は終わった。

ミスター・ロバーツは、すばやく立ち回って、フィリピンの実業界に戻ったが、娘のアリサ・ロバーツは、黒木司令官の音信が得られず、日本の何処《どこ》にいるかも分からないまま、単身日本に来て、黒木のことを捜し始めた。

アリサ・ロバーツの、足跡を追っていくと、恋人の黒木司令官に会えないまま、児童施設の前で倒れ、運ばれた病院で、黒木の子供を産んで、その直後に死んでしまう。

施設は日本人ではなく、誰か分からない女性が産んだ赤ちゃんに、原田節子という名前を与え、育てた。その原田節子の子供に当たるのが、牧野美紀である。

今度の事件には「ジャパン21」の社長、江古田卓郎が、絡《から》んでいることも、分かってきた。

江古田卓郎の祖父は、フィリピンで黒木司令官の副官だった男である。名前は、江古田勇士で、彼は、アリサ・ロバーツが、上官の、黒木と親しかったことは、もちろん知っていたが、妊娠したアリサ・ロバーツの子供の父親が、黒木司令官ではなく、自分であることに気がついていたのではないか。つまりこの時に、事件の芽《め》は生まれていたのである。

副官の江古田勇士は、黒木のコネを引き継ぐように、フィリピンの政治家や実業家と、親しくしていた。

そのことが、戦後になって、彼の息子の徳之助が作った「ジャパン21」を、大きくさせることになった。

「ジャパン21」は、彼の孫、現在の代表である、江古田卓郎に引き継がれた。富岡製糸場が、世界遺産になったことを利用して、「ジャパン21」を、さらに大きくしていった。そして、江古田卓郎は、アリサ・ロバーツが、日本に来たという情報を、つかんで、彼女の子孫を利用することを考えた。

彼は、原田節子が、アリサ・ロバーツの娘であり、さらに、双子の娘がいることも調べあげた。ただ、その娘を自分で育てることはせず、京都の牧野夫妻の養子にした。牧野美紀の誕生である。

この血の系譜を、江古田卓郎は、利用したと思われる。フィリピンの現在の政治家や、実業家と、親しくして、その貿易で会社を大きくしていった。今でも、黒木司令官は、フィリピンで人気があり、それを利用したのである。

もう一つが富岡製糸場の世界遺産登録である。世界遺産登録への運動の中で、うまく関係者に食い込み、富岡製糸場を、使ったイベントなどは、江古田が、代表をしている「ジャパン21」が、独占的に引き受けることになった。

江古田卓郎が、考えたイベントの一つは、ミス工女を決定するお祭りである。

江古田卓郎は、アリサ・ロバーツの孫娘に当たる牧野美紀を、自分の立場を使って、強引に、ミス工女に当選させた。

また、牧野美紀には、母親が同じ双子の妹がいることも分かってきた。

牧野美紀も、自分に双子の妹がいること、その妹が、現在フィリピンから日本に来ていることを知った。

江古田卓郎は、そのことも利用しようとして、妹を日本に迎えた。牧野美紀と瓜《うり》二つの彼女を美人姉妹として売り出そうと考えていた。ミス工女と生き別れた妹の出会い、となればマスコミでは、大きな話題となる。ところが、牧野美紀が江古田に反旗《はんき》をひるがえしたことで、計算が狂った。

こうした裏話について、西本刑事は、牧野美紀から、聞いていたに、違いない。

十津川は最初、彼女が、経済的事情のために、京都の祇園でクラブのホステスとなり、そのことを、西本刑事に、相談したものとばかり信じていたが、捜査していくにつれて、少しずつ違っていることが分かってきた。

牧野美紀は、自分の祖母が、フィリピン人のアリサ・ロバーツだということを知り、自分には双子の妹がいて、江古田卓郎と彼の会社「ジャパン21」に、いいように、利用されようとしていることを、知ったに違いない。

そのことも、西本刑事に相談していただろう。

この頃、美紀の心をいちばん、占《し》めていたのは、自分の体に流れる、江古田の血ではなかったろうか？　祖母のアリサ・ロバーツを無理矢理に犯したと思われる、江古田勇士の血が自分にも流れていることを、心の底から憎み苦しんだ。

こうした血の問題についても、彼女は、西本刑事に、相談していたものと思われる。その血のことや、悩みを、西本は、共有してやりたいと思っていたのだ。

それが、「彼女の苦しみを共有すること」という言葉の、意味だったのだ。

フィリピン防衛司令官を更迭され、予備役に、回された黒木は、戦後、何者かに殺されている。

フィリピンの防衛司令官に、任命されながら、防衛のための努力を、全くしなかった黒木は、そのため日本陸軍始まって以来の愚将といわれ、黒木司令官のせいで、ルソンで日本軍は、アメリカ軍に敗けたと考える者も、多かった。

十津川は、最初、黒木を殺したのは、こうした批判的な軍人だろうと考えていたが、そのうちに本当は、彼の副官をやっていた、江古田勇士ではないかと、考えるようになっていた。

ミスター・ロバーツの娘、アリサが慕《した》っていたのは、黒木司令官である。

しかし、彼女の、お腹の中に宿っていたのは、黒木司令官の子供ではなく、副官の江古田勇士の子供だった。そのことを、黒木に知られてしまって、江古田勇士は、黒木を殺すことになったのではないのか？

十津川は、その可能性が、大きいと思うようになっていった。

警視庁の刑事、西本は、アリサ・ロバーツの孫娘、牧野美紀から、相談をされて、一年前辺りからいろいろと、調べ始めていた。それは、地位と名声を得ている江古田卓郎にとっては、大きな、脅威だったはずである。何しろ西本は、現職の刑事だからだ。

もちろん、黒木司令官や、その副官だった江古田勇士は、すでに死亡している。しかし、歴史的にも、個人的にも、そのつながりは消せない。成功者である江古田卓郎には、明らかにされてはならない、「過去」であったにちがいない。十津川はそう考えたし、西本刑事も、同じ考えを持っていたに違いない。だからこそ、事件が起き、西本が殺されたのだ。

西本刑事は、世界遺産登録のイベントに絡んで、美紀を、ミス工女にしている江古田卓郎に、捜査のターゲットを、絞《しぼ》ったのだろうか？

一年前の六月四日、西本は、富岡に行き、富岡製糸場を見たり、上信電鉄の駅を調べたりしていたに違いない。ちょうどその頃、牧野美紀が失踪してしまう。西本刑事は、その行方捜しも、行なっていたのだろう。

今回の事件は、十津川にとっては、今年の、三月五日に、西本刑事が殺されたことから、始まったのだが、西本刑事にとっては、去年の、六月から始まっていたのであり、さらにいえば、今回の事件の関係者、特に、犯人にとっては、さらに昔の太平洋戦争の時に始まっていたに違いないのである。

十津川は、そのことを、考えながら、手帳に気がついたことを、書き留めていった。

どこから今回の事件が始まっていたのかを考えていって、それが太平洋戦争の末期から、始まっていたに、違いないと確信した。

その時点での主役は、フィリピンの防衛を担当していた黒木である。黒木司令官は、日本の軍人の中でも、もっとも異端の、将軍である。

戦争は終わったが、黒木の存在が招いた問題が残ってしまった。

その一つが、黒木司令官がフィリピンの実業界の有力者ミスター・ロバーツと付き合っている間に関係が出来てしまった、ロバーツの娘アリサのことである。

黒木は戦争末期に更迭されて予備役に回されて、日本に帰っていた。黒木を捜すため、マニラにいたアリサ・ロバーツは、単身、日本にやって来た。

しかし、黒木は見つからず、日本には誰も知り合いもなく、ひたすら黒木のことを捜していたアリサは、その時、すでに妊娠していた。

彼女は児童施設の前で倒れ、やがて死亡したが、死ぬ直前に女の子を出産し、その子は児童施設に引き取られた。子供は、原田節子という日本名を施設から与えられた。

その後、日本名、原田節子が成長して産んだ女の子が美紀とアリサ・ロドリゲスである。

捜査していて、この辺りから、黒木司令官の副官だった江古田勇士の、名前が、出てくる。黒木司令官が戦時中に作った、日本とフィリピンとの関係を利用して、「ジャパン21」という会社を、大きくしていく話につながっていくのである。

江古田勇士の孫、卓郎が、美しく成長した牧野美紀を利用しようとしていることも、分かってきた。

牧野美紀は、京都の高校を出たのだが、その高校の同窓生の中に西本刑事がいた。

西本は高校を卒業した後、東京の大学を出て刑事になった。

牧野美紀のほうは、養女にいった、牧野夫妻の家が詐欺まがいの被害に遭い、経済的に苦しくなったため、京都の祇園のクラブで、水商売の世界に入っていった。

江古田卓郎は、父から引き継いだ会社の代表となった。彼は、祖父と父が作ったフィリピンとの絆《きずな》を利用して「ジャパン21」を大きくしていく。おそらく、祖父の話からアリサ・ロバーツの存在を知り、その孫娘の美紀にたどりつき、見つけ出したのだろう。

卓郎は、祖父がしたように、牧野美紀を自分の女にしようと考えていたのかもしれない。ところが突然、強敵が出現した。それが西本刑事である。

去年の六月、西本は、風邪を理由に欠勤して富岡製糸場に行き、あるいは、上信電鉄に乗り、江古田卓郎と、彼が代表をしている「ジャパン21」のことを調べ出した。

西本は、短時間でも、刑事らしく、さまざまな事実をつかんでいったに違いない。恋人の牧野美紀にフィリピン人の血が、流れていること。黒木司令官ではなく、副官の江古田勇士が、彼女の祖父であることもである。

黒木は、恋人のアリサ・ロバーツが、自分の子供を妊娠していると思っていたのだが、事実を知り、元副官の江古田勇士を、責めたのではないだろうか？

それが明らかになってしまうと、江古田勇士は、自分が、フィリピンとの絆になっていることにも、支障をきたしてしまう。それどころか、黒木司令官の副官として、上司を裏切っていたことになる。そのため密かに黒木を、殺害してしまったのではないか。

全て、七十年も昔の話だし、事情を知っていたかもしれない、江古田勇士の息子、徳之助も、その後、フィリピンから来た男に、殺されてしまって、もういない。

しかし、人間は、過去を引き継いで生きている。孫の江古田卓郎は、自分の会社「ジャパン21」を、大きくしようとして、祖父の血が流れている牧野美紀を富岡製糸場の世界遺産登録を記念したイベントでミス工女に当選させ、フィリピンから迎えた妹との、美談を作りあげようと考えた。

西本刑事は、その全てについて邪魔な存在になったのだ。下手《へた》をすると、祖父の「悪」まで、あばかれかねない。そこで、自分の部下を使い、世界遺産の富岡製糸場の中で、西本刑事を、毒殺してしまったのだと、十津川は、考えた。

牧野美紀のほうは、自分の出生の秘密を知るようになっていったのだと思う。

十津川は、昨日、問題の児童施設で、当時の記録を調べていた。

戦争直後の混乱期に、児童施設の前で、フィリピンの女性アリサ・ロバーツが、倒れていた。彼女は妊娠していて、お腹の子供は助かったが、本人は死んでしまった。

児童施設では、彼女が産んだ娘を、原田節子と名づけて、育てた。それが、牧野美紀の母親である。

児童施設の話では、江古田徳之助と思われる男が、しばしば訪れて、原田節子のことを、聞いていったという。

江古田卓郎にとっては、現役の刑事の捜査は、脅威だったに、違いない。だから、西本刑事を殺した。

富岡製糸場の中で、殺したのは、「ジャパン21」の成り立ちを餌《えさ》にして、西本刑事をおびき出しやすかったからであろう。

危険を感じた江古田卓郎は、早いうちに、その危険の芽を、一つずつ摘《つ》んでいこうとした。西本刑事の次に、フィリピンから迎えた牧野美紀の妹も、殺してしまった。

牧野美紀は、初めて妹に会い、自分にそっくりなことから、祖母のアリサ・ロバーツのことを、考えたりもしたのだろう。その妹に、自分とおそろいの高価な腕時計をプレゼントした。自分に妹がいると知って、本当に嬉《うれ》しかったのだ。

生き別れた美人姉妹の存在は、初めは、江古田の利益になることだったのに、西本が動き始めてからは、不安になってきたに違いない。

こう考えてくると、江古田卓郎が犯人だと、断定したくなるのだが、肝心《かんじん》の証拠が、何一つなかった。

第一、西本刑事は、富岡製糸場の中で、死体で発見されているが、江古田卓郎自身が、そこまで連れていき毒殺したとは思えない。たぶん、彼が信用していた部下に、殺させたに違いないのである。

捜査では、二人の男が、西本刑事と親しく食事をしたり、酒を飲んだりしていたことが判明している。その後で西本刑事は殺されているから、おそらく、直接手を下したのは、この二人だろう。

しかし、名前が分からない。江古田卓郎との関係もである。

牧野美紀の妹アリサ・ロドリゲスが、群馬の達磨寺の境内で殺された事件だが、これも、犯人は江古田卓郎に違いないと思っているが、証拠はなく、彼自身が殺したのか、あるいは、西本刑事の場合と同じように、彼が誰かに頼んで、殺させたのかも分からない。

ただ、牧野美紀が、高価なルビーのついた腕時計を、妹に、贈っていたので、死体の身元が、分かった。

その、牧野美紀は、今どこにいるのだろう。無事でいるのだろうか。

2

現在、十津川には、いちばん、引っかかっていることがあった。それは、西本刑事の最後の言葉である。

西本刑事は、三月五日、六日の二日間の休暇を取って、富岡製糸場に、行っている。

三月四日の夜、小松という、西本刑事の大学時代の友人が、たまたま電話をかけていた。その時、西本刑事のそばに誰かがいたのだ。

その人間に対して、西本が、

「それ、何なんだ?」

と、いっているのを、電話した友人の小松が聞いているのである。

その翌日の三月五日に、西本刑事は、富岡製糸場の中で殺されているから、友人が聞いたという「それ、何なんだ?」という西本の言葉は、今のところ、彼の最後の言葉となっている。それだけに、十津川は、この言葉が、気になって、仕方がなかった。

その時の、状況を想像すると、西本刑事がいた部屋に、何者かが、来ていた。それは、西本を殺した犯人かもしれないし、違うかもしれない。

西本刑事が、小松という友人からの電話を受け、その電話に出ながら、同じ部屋にいたと思われる人間に対して、発した言葉である。

「それ、何なんだ?」という質問の言葉、この言葉の意味が分かれば、今回の一連の事件について解決に、近づくことができるかもしれない。十津川は、そう期待していた。

だから、手帳には、大きく、

「それ、何なんだ?」

という西本の言葉が、書きつけてある。

十津川は、亀井刑事を呼んで、事件の展望について、議論を戦わせた。

この時、十津川は、自分が考える事件の謎と問題点を説明し、最後に、問題の言葉を、口にした。

「この言葉の意味が分かれば、捜査は、必ず進展する」

十津川が確信を持って、いった。

「これは、明らかに、その時部屋にいた人間に対して、何かを、きいているんですよ。少なくとも、独《ひと》り言《ごと》とは、思えませんから、これをきいた相手というのは、西本刑事を殺害した犯人、あるいは、殺害を命令した主犯と見てもいいんじゃありませんか?」

と、亀井がいう。

「しかし、この言葉の意味が分からなければ、何の足しにもならない」

と、十津川が、いった。

たしかに、亀井がいうように、これは質問の言葉である。この時、西本刑事は、そばにいた人間に対して、いったい、何をきいたのだろうか？

人間のことではないだろう。自分の知らない名前が出てきたので、その人間について質問したとは、考えにくかった。「それ」といっているからである。

その男とか、その女とか、あるいは、田中なにがしという具体的な名前を出して質問しているのであれば、質問の的《まと》が人間だと考えられる。

しかし、「それ」である。普通に考えれば、人間のことを「それ」とはいわないだろう。

だとすると、この「それ」というのは、いったい、何のことなのだろうか？

「場所かもしれないし、建物かも、しれませんね。あるいは、何かのグループ、組織かもしれませんね」

と、亀井が、いう。

「江古田卓郎が父から受け継いで、現在、代表をやっているのが『ジャパン21』だ。しかし、『ジャパン21』については、西本刑事は、すでに、いろいろと調べているはずだよ。何しろ、江古田卓郎の会社なんだからね」

「たしかに、そうですね。しかし、ほかに、何があるでしょうか？」

「たとえば、富岡製糸場はどうだ？」

「いや、世界遺産のこの工場のことは、西本も、よく知っていたはずです。だからこそ、西本は、富岡製糸場に、引きずり込まれてしまったんだと思います。全く知らなければ警戒して、近づいたりはしないでしょう」

「ほかに、事件に、関係ありそうなものはないかな？」

「すぐには思いつきませんね」

「人間や場所でないとすると、もう一つ考えられるのは、ミス工女という、イベントだろう。牧野美紀をミス工女に当選させたのは、江古田卓郎だから、西本刑事が、ミス工女のことを、質問してもおかしくはない。しかし、これだって、江古田卓郎のことを、調べていれば、簡単に分かったはずだ。富岡製糸場が世界遺産になったことを記念したイベントとして、江古田卓郎が、大々的に、やっていたからね。わざわざ『それ、何なんだ？』ときいたりはしないだろう」

「牧野美紀が、自分の妹に贈った四百万円のルビーのついた腕時計はどうですか？西本刑事が、そのことを知らなければ、相手が、四百万円の腕時計といったら、『それ、何なんだ？』と質問してもおかしくはありませんから」

「たしかに。でも、おそらくそれは間違っていると思うね」

と、十津川が、いった。

「どうしてですか？」

「西本刑事が、牧野美紀と、親しかったからだよ。前々からいろいろと、彼女の相談に乗っていた。その相談の答えを見つけるために西本刑事は、昨年の六月に現地を訪ねていたんだ。妹に、牧野美紀が四百万円の腕時計を、贈った。そのことも、彼女は、西本刑事に、話していたと思うね。それに、高価な腕時計ならば、簡単に、どういうものか分かる。牧野美紀が、その時計を買った店に行って調べれば、すぐに分かるんだ」

「ほかに、何かありますかね？　とにかく、西本刑事が質問した相手のことも知りたいですね。翌日の三月五日に、西本刑事を殺した犯人かもしれませんから」

と、亀井刑事が、いった。

「その点は同感だ。だから、何とかして、この質問の意味が、知りたいし、質問した相手のことも、知りたい」

簡単な言葉になればなるほど、意味をつかむのは、難しい。十津川は、そのことを、強く感じていた。

たとえば、西本刑事が「それ、何なんだ?」とはきかずに、「その名刺は何なんだ?」とか、あるいは「その腕時計は何なんだ?」といった質問をしてくれていれば、十津川にも、簡単に分かることだったからである。

十津川は、しばらく考えながら、その間、亀井刑事が淹《い》れてくれたインスタントコーヒーを、何杯も口に運んだ。

「次の日に、西本刑事は富岡製糸場で殺されている。前日の三月四日の夜のことだからね。ひょっとすると、富岡製糸場についての、質問かもしれない」

「いいえ、上信電鉄のことかも、しれませんよ。西本刑事は、上信電鉄に乗っていますから。去年の六月は、上州富岡駅から、発車する上信電鉄の車両を、カメラで撮ったりしています」

と、亀井が、いった。

「カメさんのいうとおりだ。人間のことではないとすると、世界遺産の富岡製糸場か、高崎からそこに行くために乗る上信電鉄のどちらかに関係することだと、考えていいと、私も思うね」

「ほかに、西本刑事が、興味を持つ相手は、人間でも、牧野美紀しかありませんから」

と、亀井が、いった。

十津川は、時刻表を、取り出して、上信電鉄のことを、調べ始めた。

群馬の人はよく、群馬には、自慢できる三本の私鉄があるという。上毛《じょうもう》電鉄、わたらせ渓谷《けいこく》鉄道、そして上信電鉄である。上信電鉄は、クラシックさが自慢だったが、沿線にあった富岡製糸場が、世界遺産になったので、急に利用客が増えた。そこで、新車両を投入したと聞いていた。

十津川は、じっと、上信電鉄について考えながら、時刻表に、目を通していたが、突然笑い出した。

「分かったよ、カメさん。西本刑事の最後の言葉の意味が」

と、十津川が、いった。

亀井は、十津川の言葉の意味が分からなくて、

「いったい何ですか？」

と、きく。

「これだよ」

と、いって、十津川は、上信電鉄の時刻表に指を立てた。

「上信電鉄の駅名だよ。上信電鉄は、高崎から終点の下仁田まで、走っている。途中

に、上州富岡駅がある。世界遺産の富岡製糸場に行くには、この、上州富岡がいちばん近い。観光客がどっと増えたので、上信電鉄では、何年かぶりに、新しい車両を投入したといわれている。ところで、問題は、終点の下仁田駅の二つ手前の駅だよ。この駅名を見ると面白いよ」

と、十津川が、いった。

南蛇井駅

と書かれた駅名だった。

「普通に読んでも、面白い発音になる」

と、十津川が、また笑った。

亀井も笑ってから、

「たしかに普通に読めば〈なんじゃい〉になりますね。相手の話の中に、『なんじゃいが……』という言葉を耳にしたら、『それ、何なんだ？』と西本刑事が、質問をしてもおかしくはありません。上信電鉄のことをよく知らない人間だったら、駅名だとは、分からないと思いますよ」

「今のところは、ほかに西本刑事が『それ、何なんだ？』と質問するようなケースは、考えつかないんだ。とすれば、まず、この南蛇井という名前の駅のことだと、考えて調べてみようじゃないか」

「しかし、この駅名ですが、そのまま〈なんじゃい〉と、読むんでしょうか？　駅名とか人名というのは、しばしば、変な読み方をしますから」

と、亀井が、いう。

十津川はすぐ、上信電鉄の、駅名について調べてみた。その結果、問題の駅名は、「なんじゃい」が正しいと分かった。

それでも、十津川も亀井も、完全に納得はしなかった。西本刑事が、話しかけた相手が、分からないし、どうして、西本刑事が、この駅名のことを相手にきいているのかも、分からないのだ。

「すぐ、上信電鉄の、南蛇井という駅に行ってみようじゃないか」

と、十津川が、いった。

3

翌朝、二人は、新幹線で、高崎に向かった。

高崎では、上信電鉄の駅員に、話をきいた。

駅員は、笑顔で、

「日本の、変わった駅名ランキングでは、いつも十位以内に、入っていますから、鉄道マニアにはかなり有名な駅ですよ」

と、いう。

「ほかにも何か、名所、旧蹟《きゅうせき》のある駅ですか？」

十津川が、きくと、

「いや、何もありません。ごくごく普通の、田舎《いなか》の小さな駅ですよ」

と、駅員が、いった。

「上信電鉄には、無人駅が、いくつかありますが、この南蛇井という駅も、無人駅ですか？」

「通勤通学の時間帯だけは、駅員がいますが、それ以外と、休日、第二、第四土曜日には、駅員が配置されず、無人駅になります」

という答えだった。

とにかく、変わっているのは駅名だけで、それ以外は、これといった特徴のない、普通の駅だというが、それでも、十津川たちは、実際に、南蛇井駅に行ってみることにした。

上信電鉄には、相変わらず世界遺産の富岡製糸場を見学に行く乗客が多い。上州富岡駅で、ほとんどの乗客が、降りてしまい、後は、ガラガラである。

そのことに、十津川は、不安を感じた。南蛇井という駅は、名前は、おかしいが、今回の事件と何の関係もないのではないか。

二人は、南蛇井駅で降りた。

たしかに何もない、小さな駅だが、駅の近くに、マンションが何棟か、目に入った。最近建てられたと思われるものもあるし、老朽化《ろうきゅうか》したマンションもある。

富岡製糸場が、有名になったので、この南蛇井駅の近くに、住む人も多くなって、マンションが、建てられたのだろうか？

二人は、駅のいちばん近くに建つマンションを、まず、調べてみることにした。

八階建てのマンションである。かなり立派な造りだった。

管理人に、話をきく。

「このマンションは、いつ頃建ったのですか？」

と、十津川が、きくと、

「二十年くらい前ですね」

それが、答えだった。

「所有者はどこの誰ですか？」

十津川が、きくと、中年の管理人は、笑って、

「このマンションの所有者は『ジャパン21』ですよ。富岡製糸場が、世界遺産になる一年くらい前に『ジャパン21』が買ったのです」

その瞬間、十津川と亀井は、思わず顔を見合わせた。

「『ジャパン21』というと、代表は、江古田卓郎さんですね？」

「そうですよ。この辺の土地の値段が、上がるとか、住人が、増えるとかを、見越して買ったんでしょうね。最近は、いろいろな事業に手を出しているから、富岡製糸場が、世界遺産になるとにらんで、この古いマンションだって、採算が取れると読んだんじゃありませんか？　その狙《ねら》いどおり、このマンションは、今では大人気ですよ。いつでも八十から九十パーセントの、入居率です」

と、管理人が、自慢した。

「このマンションの名前は、何というんですか？」

と、亀井が、きいた。

「初めは『ジャパン21　南蛇井マンション』という名前だったんですよ。ところが最近になって、トップの命令だとかで、その名前が変わって、今は『メゾン南蛇井』になっています」

「どうして、最近になって、変えたんですか？」

「ちょっと分かりませんね。上州富岡駅の近くにも『ジャパン21』のマンションがあるんですけどね。そっちのほうも、名前を変えたと聞きました。たしか『メゾン富岡』です。そのほうが、分かりやすいからかもしれませんね」

と、管理人が、いった。

たしかに、外に出てみると、マンションの名前は「メゾン南蛇井」になっていた。

それも、新しく、書き換《か》えられていることが、はっきりと、分かった。

（おそらく、『ジャパン21』の江古田卓郎は、西本の調査が、始まったので、慌てて、名前を変えたのだろう）

と、十津川は、思った。ほかに名前を変えるような理由が思いつかないのだ。

「去年の六月頃は、どうだったんですか？」

と、十津川が、管理人に、きいた。

「その頃なら、今いった『ジャパン21　南蛇井マンション』が、正式な名前でしたよ」

「その頃ですが、このマンションには『ジャパン21』の社員なんかも、住んでいたんですか？」

「たしかに、会社の社員が、何人か住んでいましたね」

「その社員の名前、分かりませんか？」

「調べれば、分かると思いますが、ちょっと、時間がかかりますよ」

「時間なら、いくらかかっても、構いませんから、調べて下さい」

十津川は頼み、近くの喫茶店で、時間を潰《つぶ》すことにした。

三十分ほど経ってから、マンションに戻ると、管理人が、去年の六月頃、ここに住んでいたという「ジャパン21」の社員の名前を、書き出してくれていた。

二人である。

その名前を、十津川は、自分の手帳に書き写してから、

「この二人の人が、今、どうしているか分かりませんか？」

と、きくと、管理人は、

「私が、聞いたところでは、この二人は最近、『ジャパン21』の中で、どちらも出世したそうですよ。だから、今は、マンション住まいではなくて、それぞれ、一軒家に住んでいるんじゃありませんか？」

十津川は、少しずつ、目の前に立ちふさがっている分厚い壁が崩れていくような気がした。

二人の名前は、加藤肇《かとうはじめ》と、上田大輔《うえだだいすけ》である。

「この二人の社員は、何歳くらいの人ですか？　それに、結婚しているんでしょうか？」

と、亀井が、きいた。

「お二人とも、おそらく、三十代だと思います。あの時は、どちらも独身でしたが、今はわかりませんね」

十津川は、管理人に礼をいって、駅に戻ると、今度は「ジャパン21」について、調べることにした。

「ジャパン21」は、最初は、高崎に本社があったが、今は、東京の平河町に本社を移し、高崎のほうは支社ということになっていた。それだけこの会社が大きくなった証拠だろう。

十津川たちは、「ジャパン21」の高崎支社を、訪ねていった。支社は駅前のビルの中にあった。三階のフロアを、全て使い、入り口には「ジャパン21 高崎支社」という金文字の看板が、出ていた。

二人は受付で、わざと警察手帳を見せて、支社長に、会いたい旨《むね》を告げた。

支社長は、六十代に見える、古木《ふるき》という名前の男だった。十津川と亀井は、支社長室で話を聞くことにした。

「いきなりで、失礼ですが、富岡製糸場で起きた殺人事件を調べていましてね。おたくの代表の、江古田卓郎さんにもいろいろと、協力していただいています。それで、『ジャパン21』の社員録があったら、見せていただきたいと思って、お伺《うかが》いしたのですが」

と、十津川が、いった。

「もちろん、わが社にも社員録はありますが、本社の承諾がないとお見せできません。最近は、個人情報の問題がありますから」

と、古木支社長がいった。

そこで、十津川は、相手を、少し強い口調で脅かすことにした。

「今も、申し上げたように、われわれは殺人事件の、捜査をしています。その捜査に必要なので、お願いしているわけで、見せられないといわれると困るんですがね。もし、後で本社から苦情が来たら、警視庁捜査一課の十津川という警部が来て、無理やり、社員録を、見ていったといえばいいと思いますが」

この脅かしが、功を奏したのか、古木支社長は、しぶしぶ「ジャパン21」の社員録を、見せてくれた。

社員録にあった名前は、全部で千二百人。中堅の企業としてはまあまあだろう。全ページを、支社にあったコピー機を借りて、亀井がコピーした。

その中に、加藤肇と上田大輔の名前もあった。どちらも、今は東京本社の、係長になっている。

社員録には、部署ごとのページ以外に社員の住所と、電話番号も載っていたので、十津川たちは、そこもコピーした。

「この加藤肇さんと、上田大輔さんの二人ですが、どういう社員か分かりますか？」

十津川が、きくと、

「私は、ずっと、高崎に勤めていて、東京に行くことは、ありませんから、この二人が、どういう社員なのかはよく知りませんね」

と、古木が、いう。

「社員録を見ると、この二人のところに※印が、ついていますね？　これは、何の印ですか？」

「高崎支社から、本社に移った社員には※印がついています」

「つまり、栄転ということですね」

「まあ、そう考えてもいいと思いますが」

古木支社長は、少し口ごもったようないい方をした。

「上信電鉄の、南蛇井駅の近くに、『ジャパン21』が購入したというマンションが、ありました。富岡製糸場が世界遺産になった頃に、加藤肇さんと、上田大輔さんが、そのマンションに、住んでいたことが、あったそうですね？」

「うちの代表は、富岡製糸場を世界遺産に、という運動をしていましてね。社員もいろいろと働きました。その時、あまり、遠いところに住んでいてはまずいというので、代表が、南蛇井と富岡のマンションを買って、何人かの社員を住まわせていたんです」

「古木さんも、代表の指示で、富岡製糸場を世界遺産にするために、いろいろと運動されたんでしょうね？」

「そうなんですよ。あの頃は、大変でした。本来の仕事よりも、富岡製糸場を世界遺産にするための、運動のほうがメインになっていました。とにかく、世界遺産になって、ホッとしています」

「代表の江古田さんも、その頃は大変だったんでしょうね？」

「そうですね。うちの代表は、これと、狙いをつけると、目標に向かって、猪突猛進《ちょとつもうしん》ですから。ここだけの話、社員も大変でした」

「しかし、富岡製糸場が、世界遺産になって、『ジャパン21』は今、その恩恵を、たくさん受けているんじゃありませんか？　私の知っている限りでも『ジャパン21』の主催で、世界遺産登録の記念イベントを開いて、ミス工女のコンテストもやった。これも、江古田代表が考えた、企画だと聞きましたが」

「そのとおりです。うちの代表はアイデアも豊富なんです」

と、表情をゆるめた古木が、いった。

最後に、亀井が、

「古木さんは、富岡製糸場で、東京の刑事が、殺されるという事件のあったことはご存じですね？」

と、きいた。

「名前までは、覚えていませんが、東京の刑事さんがあの製糸場の中で殺されたのは、知っています」

「『ジャパン21』の江古田代表は、富岡製糸場を世界遺産にするための運動をした人だから、こちらの地元では、一目《いちもく》おかれているんじゃありませんか？」

「たしかに、富岡製糸場では、うちの代表たちは窓口を通らずに、自由に、敷地内に入ることが許されています。それから、上信電鉄でもいろいろと優遇してくれますからね」

「『ジャパン21』は、南蛇井と富岡に、マンションを持っていますね。そこには、江古田代表も、時々行ったりしているんですか？」

「南蛇井にですか？」

「そうですよ。少し前までは、『ジャパン21』の名前のついていた、マンションですからね。江古田代表の部屋もあるんじゃないですか？」

「そうですね。うちの代表は、突然、重役たちにも、黙って、どこかに、行ってしまうことがあるんです。南蛇井のマンションは、社員が、住んでいたりしますからね。代表の部屋があっても不思議ではありません」

と、相手が、いった。

また少し、目の前の壁が、崩れたと、十津川は、思った。

実は十津川は、もう一人重要な人物の名前を、社員録に発見していた。

戸田明。牧野美紀の父を交通事故に見せかけて、殺害したといわれる男である。

サラ金会社佐々木信用の幹部だった、戸田は、江古田の仲間だったのか。もしかしたら、一億円の詐欺から疑惑の交通事故にいたる流れは、牧野美紀を自分の愛人とするために、江古田が仕組んだことだったかもしれない。

三月四日の夜、誰かが、西本刑事を、訪ねていった。そして、南蛇井駅のことが、話題に上がった。

西本刑事は、それを、上信電鉄の駅名だとは知らなかったので、相手に「それ、何なんだ？」と、きいたのだ。

ここまでは、間違っていないと、十津川は、確信した。

たぶん、その後、西本刑事は、南蛇井を訪ねていったのだ。

たとえば昨年、上州富岡駅で、西本刑事は偶然戸田を目撃した。牧野美紀の人生を狂わせた男が目の前にいる。西本は上信電鉄に乗り込んだ戸田を、慌てて撮影した。

戸田は、京都から遠くはなれた、群馬県の『ジャパン21』が所有するマンションで新しい生活を送っていたのかもしれない。

東山警察署の遠山警部補に、連絡しなければいけないと、十津川は思った。

そのように考えてくると、列車の写真の謎は解けるのである。

西本刑事が、そうした事実を、摑んできたとすると、間違いなく、西本刑事の存在は、江古田代表の脅威になってくる。そして、十中八九《じっちゅうはっく》、江古田代表が、部下の人間に、西本刑事の殺害を命令したに、違いない。

その時に、問題になったのは、西本刑事を、どこに連れていって、殺すかということだっただろう。

西本刑事は、何といっても、本職の刑事である。だから、簡単には、誘いに乗ってこなかった。そこで、西本刑事が、関心を持っている富岡製糸場に、誘い出して殺したのではないか？　牧野美紀の行方を教える、という誘いが、あったのかもしれない。

第七章　一万人の子供

1

上信電鉄の路線図を見てみると、問題の南蛇井駅は、終点の下仁田駅から二つ手前の駅である。通勤や通学の客が利用する朝夕のラッシュアワーには駅員がいるが、休日や土曜日、平日の昼間などには、駅員がいなくなって、無人駅になってしまう。

南蛇井という駅名は、たしかに、個性的であり、ユニークで面白い。全国の珍駅名のランキングで、つねに、上位に入ってくるというのも当然だろう。

しかし、だからといって、それによって、観光客が押しかけてくることもなければ、駅の周辺に、有名な観光地があるというわけでもないので、たくさんの人が利用する大きな駅とはなっていない。典型的な地方の駅である。

今、十津川が、引っかかるのは、西本刑事が最後にいった「それ、何なんだ?」という言葉である。

それは南蛇井駅のことをいったに違いないと、十津川は今、思っている。西本刑事が南蛇井という駅名を聞いたか、あるいは読んだりした時に思わず発したのが「それ、何なんだ?」という言葉になったのだろう。そこまでは、分かる。

問題は、西本刑事が、ただ単に上信電鉄の小さな駅の名前が面白くて、同じ部屋にいた人物、それは何者なのかは、分かっていないが、その人物に向かって、南蛇井という駅名について声をかけていたとか、ただ単に面白いだけで、その奇妙な名前の駅のことを、その人物と、話し合っていたとかは、考えにくい。なぜなら、その翌日、彼は殺されてしまうからである。

問題の南蛇井駅の近くには、江古田卓郎の「ジャパン21」所有の、マンションがあった。

江古田卓郎は、父から受け継いだ「ジャパン21」を、大きくするために、世界遺産になった富岡製糸場を利用した。富岡製糸場の人気にあやかって、関連グッズの売り上げを、伸ばそうとしたのである。

その上、江古田卓郎の祖父、江古田勇士には戦争中、副官として、フィリピンの防衛を担当していた黒木司令官の下《もと》にいながら、戦後になって、上官だった黒木を殺した容疑がある。この容疑は、多分、当たっているだろう。

江古田卓郎の祖父、江古田勇士が、戦後になってから元上官の黒木司令官を殺したように、江古田卓郎自身も、自分の会社をさらに大きくしようとして、フィリピンからやって来たアリサ・ロドリゲスを利用した上に殺害した。その双子の姉、牧野美紀も利用していたのである。牧野美紀は、西本の恋人である。

彼は、江古田卓郎の身辺を徹底的に調査したに違いない。そのことが、多分西本が殺される原因になったのだ。

もちろん、直接、手を下したのは、江古田卓郎本人ではないだろう。しかし、何者かにそれを、命じたのは、間違いなく、江古田卓郎だと、十津川は確信している。

十津川は、一連の事件の流れを、このように考えた。この推理は的《まと》を射ていると思ったが、欠けているのは、直接的な証拠であった。

たとえば、江古田卓郎は、西本刑事の恋人、牧野美紀にも、手を出そうとしていた。

自分の会社の利益のために、牧野美紀と、フィリピンから呼びよせた彼女の双子の妹アリサ・ロドリゲスを利用しようとしていたのだが、この疑惑だけで、西本刑事は、江古田卓郎を、追及し、追い詰めていったのだろうか？

警視庁捜査一課の西本の同僚も、口をそろえて、彼が、曲がったことが大嫌いで、正義感に燃えた典型的な刑事であることを、認めている。

だから、恋人の、牧野美紀が関係している「ジャパン21」の代表、江古田卓郎の行為を、西本刑事が、許すことができなかったというのは、分からないことではない。

しかし、西本刑事は、あくまでも、警視庁捜査一課の現役の刑事である。一時的な感情に溺《おぼ》れて、理性を失ってしまうとは、考えにくいのだ。最後の最後まで、おそらく、西本刑事は冷静だっただろう。冷静に、江古田を追い詰めたはずである。

十津川は、もう一度、南蛇井駅の近くにある「ジャパン21」所有のマンションを調べてみることにした。

今度は、亀井刑事のほかに、女性刑事の北条早苗、その彼女とコンビを組んでいる三田村刑事にも声をかけ、十津川を含めて四人の刑事で、徹底的に、調べあげることにした。

マンション一つにそれだけの人数をかけたのは、その存在が、どうしても、気になっていたからである。そこには絶対に何か秘密があると、十津川は、そうにらんでいたのだ。

十津川は、上信電鉄の車内で三人の刑事にハッパをかけた。

「これまでの調べで、西本刑事は、三月五日、六日の二日間、自ら休暇を取って、わざわざ、富岡にやって来ていることが分かった。多分、犯人を追い詰めたため、五日に富岡製糸場で、殺されてしまった。その前日の四日に、最後と思われる西本の会話を、聞いた者がいた。西本と電話で話していたら、西本が、一緒にいたと思われる人間に向かって『それ、何なんだ？』といったという。この発言は、上信電鉄の南蛇井駅についてのものと見ていい。西本刑事は、南蛇井駅に、強い関心を持っていたと見るべきだ。ただ単に面白い名前の駅だと考えたのであれば、おそらく、翌日の五日に、西本刑事が、殺されることはなかったろう。私は、西本刑事が、五日の朝早く、南蛇井駅に行ったと見ている。彼は、そこで、何かを見たか、もっと、ほかの何かを知ったんだ。そして、そのことが、彼の殺される要因になったと思っている。もちろん、彼の恋人である牧野美紀が、姿を消さなければならなかったことを考えると、危険な状況に置かれていたことは否定できない。そのことも、西本刑事が、休暇を取ってまで、わざわざ富岡製糸場に、やって来た理由の一つになっていただろうとは、思う。ただ、西本刑事は、警視庁捜査一課の刑事だ。彼が、わざわざ、休暇まで取って、しかも、われわれには内緒で富岡製糸場や上信電鉄に、やって来たからには、何かそれ相応の、理由があったに違いないと思う。その一つが、上信電鉄の南蛇井という駅に、関係があると思っている。だから、これから、南蛇井駅の周辺を徹底的に、捜査する。特に、南蛇井駅の駅前には、『ジャパン21』が、所有するマンションがあるから、これについては、特に念入りに、調べてほしい。以前、このマンションには、西本刑事を、殺害したと思われる二人の男が、住んでいたと思えるが、この二人は、容疑が、固まり次第、ただちに逮捕する。だから、はっきりとした動機が何だったのかを、君たちに、見つけてほしいのだ」

と、十津川が、いった。

2

南蛇井着。

十津川たちの捜査が始まった。南蛇井駅の前にあるマンション周辺を中心にして、住民たちの聞き込みを徹底的に行なった。

最初に、十津川の耳に、飛び込んできた情報は、「ジャパン21」が、南蛇井駅前にある問題のマンションを壊《こわ》して、その跡地《あとち》に日本の製糸工業の歴史記念館を建設する計画を、進めているという話だった。

その情報をつかんできたのは、亀井刑事である。

「社長の江古田卓郎は、あの駅前のマンションが、老朽化したので壊し、新たに日本の製糸工業の発展がよく分かる記念館を造ると、いっているようです。役所にも、計画書や申請書など必要な書類をすでに提出していて、許可が下りるのを、待っているようですが、申請自体には何の問題もないので、そのまま、許可されるだろうといわれています」

と、亀井がいう。

「江古田卓郎は、どんな記念館を、造るつもりなんだ？」

十津川が、きいた。

「詳しい発表は、まだありませんので、詳細は分かりませんが、どうやら日本の製糸産業の全てを網羅《もうら》する、つまり、富岡製糸場にも関連する記念館を造るようですね。富岡製糸場は動かない遺産ですが、こちらの記念館には、最新の機械を入れて、日本の優秀な繊維《せんい》を目の前で作りあげ、売ったりすると、マンション周辺の住民には、『ジャパン21』の社員たちが、そんな説明をして歩いているそうです」

「江古田卓郎は、富岡製糸場を食い物にして、あれだけ儲《もう》けたというのに、まだそれ以上に、儲けようとしているのか？」

　十津川が、呆《あき》れ顔で、いうと、亀井は、苦笑しながら、

「そうでしょうね。世界遺産に登録された富岡製糸場の人気は、依然《いぜん》として高いですからね。まだまだ十分に、稼《かせ》げると見ているんでしょう。何でも、富岡製糸場が明治時代に出来た頃の様子や、戦争中のこと、それから、戦後、世界遺産になるまでの状況を、パノラマ的に紹介する、そんな展示物も造ることを、江古田卓郎は考えているようですね。それに、グッズやお菓子などのお土産《みやげ》も作って売るわけです。それからもう一つ面白い話も聞きました」

「どんな話だ？」

「これは、未確認なんですが、記念館の館長には、どうやら、牧野美紀が就任するらしいという噂があったようです。江古田卓郎が、嬉しそうに、そんな話をしているのを、聞いたという人がいました」

「その噂はいつ頃からあったんだ？」

「牧野美紀がミス工女に選ばれた直後くらいからです」

「新しく造る記念館の館長に、行方不明の牧野美紀が就任するか。冗談にしても怪しいな。何か裏がありそうな話じゃないか」

と、十津川が、いった。

「やっぱり、警部も、そう思われますか？」

「思うね」

「私も、この話を、初めて聞いた時には、警部と同じような、感想を持ちました。江古田卓郎にしてみれば、今、富岡製糸場に関連した、施設を造れば、儲かることは儲かるでしょうが、このマンションには、何か後ろ暗いところがあるので、壊して、富岡製糸場の記念館にしようという、腹づもりが、あるのかもしれませんね。築年数はありますが、まだ十分に住めるマンションですから」

と、亀井が、いった。

「なるほど、その可能性は、大いにあるね。何かを隠すための記念館か。もう少し、詳しく調べてみてくれないか？　ひょっとすると、何か面白いことが分かるかもしれないな」

と、十津川が、いった。

次に、十津川の興味を引く情報をもたらしたのは、北条早苗刑事だった。

「これは、マニラにいる知り合いの新聞記者が、教えてくれたんですが、マニラの市内にも『ジャパン21』が所有するマンションがあるそうです」

と、早苗がいう。

「そうか、『ジャパン21』は日本だけではなく、フィリピンにも、マンションを持っているのか。たしかに、江古田卓郎は、フィリピンにもルートを、持っているからね。あり得ない話じゃない」

と、十津川が、いった。

「そうなんです。そのマンションですが、もともとは、女子寮だったそうです」

「女子寮？　いったい何の女子寮なんだ？」

と、亀井が横から、きいた。

「その新聞記者が調べてくれたところによると、日本に、働きに行こうというフィリピンの若い女性たちが集まって、寝泊まりする女子寮だそうです」

と、早苗が、いった。

「フィリピンの若い女性で、日本に働きに来ているのは何人もいるだろう。何千人、いや、何万人も、いるんじゃないのか？　特に水商売関係なら、それほど、珍しいことだとは思わないがね」

と、十津川が、いった。

「そうかもしれませんが、『ジャパン21』の江古田代表は、日本人の父親を持つ子供の母親、つまり、フィリピンの女性で、日本人の父親を持つ子供を産んだ女性ばかりを集めているようです。そうした女性をまずマニラの女子寮に、集めておいてから、日本に送り、彼女たちを、この南蛇井駅前のあのマンションに住まわせていたそうです。何でも、そこには常時二、三十人のフィリピン女性が寝泊まりをしていて、主に高崎周辺のクラブやスナックで、働かせていたといわれています。不法就労の可能性があります」

「どうして、江古田卓郎は、子供の父親が日本人のフィリピン女性ばかりを、集めたんだろう？　そのことに何か、特別な意味があるのか？」

と、十津川が、きいた。

「これは、十年以上も前の統計だそうですが、当時、フィリピンの国内には、日本人の男性が、フィリピンの女性と関係して産ませた子供、つまり、日本とフィリピンのハーフの子供が、一万人以上いたそうです。フィリピンはカソリックの国ですから、基本的には避妊《ひにん》はしません。ですから、日本人男性とフィリピン女性の間に、子供がたくさん生まれてしまいました」

「たしかに、以前、フィリピンでは、そのことが大きな社会問題になっていると聞いたことがある。それが、週刊誌の記事になっていたような記憶があるね」

と、亀井がいうと、早苗が、肯《うなず》いて、

「そうなんです。大きな問題になったことがあります」

という。

十津川も、そうしたニュースを覚えていた。

日本経済が上《のぼ》り調子の頃、日本の男たちが、フィリピンや台湾にグループで買春《ばいしゅん》旅行に出かけるのが、流行したのを覚えている。

フィリピンでは、先住民の娘が値段が安く、ヨーロッパ人とのハーフが高いといったことを、マニラ行きの飛行機の中で日本のおじさんたちが、大声で話しているのを、十津川は目撃し、眉をひそめたことがあった。

早苗も、その辺のことを思い出す感じで、

「フィリピンで遊んだ日本人の男性は、もちろん、生まれた子供に責任を持つはずもなくて、日本人のフィリピンに対する新しい侵略だと、非難されたものです」

「生まれた子供は、認知せずか」

「そうです。もともと遊びだから、責任は、持つこともないというわけです」

「許せないことだな。しかし、江古田卓郎は、その問題を、どうしようとしているんだ？」

と、十津川がきいた。

「この問題について、数年前に、週刊誌が、江古田の、インタビュー記事をのせています」

早苗は、その記事を、コピーしたものを、十津川に見せた。

〈最近、仕事でマニラに行くことがあるのだが、日本人として、恥ずかしい話を聞いた。高度経済成長の頃から、日本の男たちが、いわゆる買春旅行に出かける話である。他国の女性と親しくするのは、結構だが、金にあかして、セックスの対象にするというのは、傲慢《ごうまん》であり、侮辱《ぶじょく》である。今や、こうした買春行為からフィリピンで生まれた日本人の子供は、一万人を越えているという。一万人の無責任な日本人男性がいるということである。

私は、同じ日本人として恥ずかしい。日本政府は、個人の問題だからと何の反応も示さない。そこで、私は、日本人の端くれとして、ひと肌脱ごうと決意した。可哀相《かわいそう》なフィリピン女性と、日本人の父親に捨てられた子供のために、父親を捜し出して、責任を取らせようと考えたのである。

私のお節介《せっかい》が、少しでも、日比《にっぴ》親善に役立てばと、思っている〉

「まるで、正義の騎士だな」

と、十津川は、いった。

「江古田卓郎は、これを、実行しているのか？」

「そうらしいです。だから、日本人の男との間に出来た子供を持つフィリピンの女性を雇《やと》っているんだそうです。それに、そのために、国際問題専門の弁護士もいると聞きました」

と、早苗がいった。

「しかし、にわかには、信じられないな」

「東京の江古田の本社には、フィリピンの女性からの礼状が、山になっているそうです」

と、早苗がいう。

「礼状が山ですか」

と亀井。

「江古田の働きで、うまくいったケースもあるのか？」

「子供を認知した男もいるし、認知はできないが、大学卒業までの学費を出すことで話がついたケースもあるそうです」

「国際問題専門の弁護士というのは、どこにいるんだ？」

「今、名前と、どこの弁護士会に属しているか、三田村刑事が調べています」

と北条早苗がいった。

その三田村は、一時間ほどあとで、戻ってきて、十津川に報告した。

「弁護士の名前は、山崎清一郎《やまざきせいいちろう》、現在六十五歳で、東京弁護士会に所属しています」

「東京か？」

「以前は、高崎に個人の事務所を設《もう》けていましたが、現在は、東京に法律事務所を持っています」

「江古田とは、古い付き合いなのか？」

「十年以上と聞いています。山崎が、高崎にいた頃からのようです」

「山崎弁護士の評判は、どうなんだ？」

「東京にいる友人の弁護士に電話して、きいてみました。なかなかのやり手だといって、笑っていました」

と、三田村がいう。

「笑っていたというのは、どういうことだ？」

「いろんな評判があるという意味に取りました。あまり、いい意味ではないと思います」

「すぐ会ってみよう」

と、十津川はいった。

北条早苗刑事と、三田村の二人は、こちらに残し、十津川は、亀井と、急いで、東京に戻ることにした。

まず、六本木《ろっぽんぎ》のオフィスビルの中にある「山崎法律事務所」を訪ねた。

かなり大きな法律事務所である。十津川と、亀井は、すぐ、所長室に案内された。

窓の向こうに、有名な超高層マンションが見える。そのマンションの一室も、江古田は事務所として購入したと、十津川は聞いている。

同じ六本木に事務所を構えるということは、やはり、山崎弁護士と深い関係を、持っているということなのかもしれない。

さらに、所長室の壁には、南蛇井に造られる日本の製糸工業の歴史記念館の完成予想図が、かかっていた。

十津川は、ニコニコ笑っている山崎弁護士に、眼を向けた。

「フィリピン女性の件を、南蛇井で、聞きました」

「今のフィリピンは、経済的にようやく、豊かになってきたようですが、一時、アジアの落第国といわれたりして、その頃、景気のよかった日本から、男たちが、フィリピンに、いわゆる買春旅行に出かけたり、フィリピン女性を現地妻にしたりしましてね。一万人の日本人との子供がいるといわれたりしたのです。その時、父親である日本人の男は、ほとんど、責任を取らなかった。日本の恥ですよ。その一万人の子供たちが、学校にも行けないまま、成長する。見のがせない話でしょう。それで、江古田さんが、乗り出したんです。あの人の祖父が、太平洋戦争中、フィリピンで戦った関係がありますからね」

「それで弁護士のあなたも、その手助けをされた？」

「江古田さんの考えに賛同しましてね。あの頃、この問題を考える弁護士は、ほとんどゼロでしたよ」

「日本人との子を持つフィリピンの女性から、礼状が江古田さんや、『ジャパン21』に寄せられているそうですね？」

「私のところにも、何通か来ていますよ」

と山崎はいい、その礼状を見せてくれた。

亀井が素早く、相手の名前と住所を自分の手帳に書き留めていく。

その間も、十津川は、質問を続けた。

「しかし、買春旅行に参加した男性からは、苦情が来たんじゃありませんか？」

十津川が、きくと、山崎は、笑って、

「たしかに逃げ廻る男は、いましたが、苦情をいってくる男性は、いませんね。向こうで遊んで、その結果、子供が生まれたら、責任を取るのが当たり前ですからね。中には、説得するのが大変な男性もいましたがね」

「三月五日に、富岡製糸場で、現役の刑事が一人、殺されました。ご存じですか？」

と、十津川は、急に、話題を変えた。

一瞬、山崎の表情が動いたが、

「うちは、民事が、ほとんどなので――」

「実は、殺された刑事は、私の部下で、殺された原因は、牧野美紀という、彼の恋人の存在があったのではないかと、思われているのです。彼女には、フィリピン人の血が流れています」

「もし、そのことで、何か困っておられるのなら、お助けしたいと思いますが、今もいったように、うちは民事が主なので――」

「いや。間もなく、犯人は逮捕できる、と思われるので、こちらの助力は必要ありません」

と十津川は、笑って、質問を打ち切った。

3

外に出ると、十津川は、すぐ、北条早苗と三田村の二人に連絡した。

「行方不明の牧野美紀のことが心配だ。何とか見つけて、ガードしろ」

と、指示した。

その後、十津川と、亀井は、まっすぐ外務省に向かった。

初対面だが、遠慮なく、アジア大洋州局の南東アジア第二課の高橋《たかはし》という課長に、会ってもらった。

十津川が、江古田卓郎と、山崎弁護士の名前を出すと、高橋は、手を振って、

「その件はもう、勘弁してくれませんか」

と、いう。

「どうしたんですか？」

「『ジャパン21』という会社と、山崎弁護士が、ある時期から、毎日のようにやって

きて、この子の日本人の父親を捜してほしいといって、フィリピン人の母親の写真と、子供の出生証明書を持ち出すんですよ。いい方は、悪いですが、買春旅行の後始末ですよ。そんなことはできないというと、日本政府の無責任さを向こうの新聞に書くといわれましてね。うちの次官は、そうなると、日本の評判を悪くすると、心配しましてね。向こうに頼まれたように、日本人の父親捜しの仕事をやりました」

「簡単に見つかるものですか？」

「日本人は、偽名で遊べば大丈夫と思っていますが、遊んだ日時や、その時に泊まった、マニラのホテルなどを調べれば、人物を、特定できることがあります」

「その後は、どうするんですか？」

「日本人の男性の名前と住所を、『ジャパン21』と、山崎弁護士に知らせて終わりです。それ以上のことを、うちがやらなければいけない理由はありません」

と、高橋課長は、笑った。

「では、その後は、向こうの勝手ですか？」

「そうなりますね」

「問題は、起きていないんですか？」

「それは、向こうにきいてください」

「できません」

「できないって？」

「当事者が、不利益になることをいうはずがないですからね」

「なるほど」

「何か、よくないニュースを聞いたことがあるんじゃないですか？」

「こちらが教えた日本人の男性が、一家心中したことがありました。成功している町工場の経営者だったんですがね。工場主仲間とグループで、フィリピンに買春旅行に出かけたんです」

「名前を教えてもらえますか？」

「上野《うえの》でバイク販売・修理をやっていた、畑《はた》バイクですが、もうありませんよ」

「もう一つ、山崎弁護士に会ったら、フィリピンの女性からの礼状を、何通か見せられました。住所と名前を写してきたんですが、本物かどうか、調べてもらえませんか。住所が、マニラ市内のものだけを選んできましたが」

　十津川が、いうと、高橋は、

「うーん、それは——」

　と、口を閉ざした。

「だめでしょうか?」

「うちでも、一度、調べたことがあるんです。礼状には、フィリピンの有名な政治家と同じ名前だったものがありました。もちろん、ニセモノでした。『ジャパン21』は、何かの間違いでしょうといっていましたがね」

「それなら、なおさら、調べてほしいですね」

十津川は、亀井が写してきた、五人の名前と住所を示して、頼んだ。

高橋は、仕方がないなという顔で、マニラの日本大使館に頼んでくれた。

二時間くらいして、高橋は、笑いながら、

「やっぱり、ニセモノでした」

「実在しない人間ですか?」

「いや。全員、実在するフィリピン人です」

「それでも、ニセモノ、ですか?」

「アルバイトですよ。礼状一通いくらかで、頼んで書いてもらったものです。五人とも、男性でした」

と、いって、高橋は、また笑った。

しかし、十津川は、笑わなかった。

フィリピン人は、マレー系だが、ヨーロッパ人との混血もいる。名前だけでは、一般の人には、女性か男性か、分からない。

だが、西本刑事は、江古田の嘘が分かったのではないか。

なぜ分かったのか？　恋人の牧野美紀に、フィリピンのことを聞いていたからではないのか。

フィリピンに残された、日本人男性を父親にした子供たちを救うといいながら、フィリピン女性をホステスとして不法就労させたり、フィリピン女性を妊娠させ、そのまま帰国した日本人男性から補償金の名目で大金を得ていたのだろう。

政治家とも付き合い、慈善家としても名を売っていた男が、そんな犯罪行為を行なっていた。その事実を、西本刑事は単独で調べ上げたのだ。そして、あの日、江古田の裏の顔を暴こうと迫った。その決戦の場として、富岡製糸場を選んだのかもしれない。

(真実を知っているのは、牧野美紀だけなのだ)

と、思った。

十津川は、高橋の前だったが、北条早苗と三田村の二人に、連絡した。

「牧野美紀は、見つかったか？」

と、きくと、

「見つかりません。京都府警にも頼んで、関係する場所を調べてもらいましたが、やはり、京都には戻っていないことが、分かりました」

「それだけか？」

「はい、一年前の六月に姿を消して以来、一度も、京都に戻って来た様子はないようです」

「それなら、富岡周辺にはいないだろうか？」

「そう考えて、二人で、上州富岡に来たんです。まず富岡製糸場を当たろうとやってきたのですが、この時間は、もう閉まっています」

と、北条早苗が、いった。

「しかし、『ジャパン21』の人間は、代表の江古田を含めて、製糸場に、時間外でも出入りができるということだった」

「分かっています。それで、二人で工場の入り口付近に張り込んでいるんですが」

「二人とも、そこにずっといるんだな？」

「そうです」

「上信電鉄の南蛇井駅のほうは、もう、誰もいないわけか？」

「いえ。西本刑事の死に、関係する場所ですから、県警に依頼して、刑事を二人出してもらっています。もし、牧野美紀を見かけたら、保護してくれるように、頼んであります」

と、三田村が、いった。

十津川は、携帯を切ると、亀井に、

「六本木のマンションに行ってみよう。江古田がいるかもしれん」

「しかし、牧野美紀が危ないとしても、代表の江古田が、直接、手を下すとも思えませんが」

「そんなことは、分かっている。だが、決断し、命令するのは、代表の江古田だ。もし、彼を押さえられれば、牧野美紀の殺害を防ぐことはできる」

と、十津川は、いった。

二人は、外務省前で、タクシーを拾った。

六本木の超高層マンションの前まで来たとき、

「入り口のタクシー！」

と、亀井が、小さく、叫んだ。

マンションの入り口に、タクシーがとまり、見覚えのある男が、乗り込むところだった。

間違いなく、江古田だった。

「あのタクシーを、追ってくれ！」

と、十津川は、運転手にいった。

(行先は、一応、東京駅だろう)

と、十津川は、思った。

新幹線と、上信電鉄を乗りついで、富岡へ行くはずだ。

何をしに行くのかの想像もついた。

殺人の命令を、実行者に直接伝えようということなのだろう。

想像どおり、江古田は、東京駅で、上越新幹線の「とき」の七号グリーン車の切符を買った。

十津川と、亀井の二人も、同じ列車に乗り込む。

しかし、顔を知られているので、同じ七号グリーン車には入れない。

グリーン車は、空《す》いていた。

十津川は、専務車掌に、頼むことにした。

「まん中あたり、右の窓側にいま、男がいるでしょう。殺人を命令する恐れがあるのです」

と、警察手帳を見せていった。

車掌の顔が、かたまった。

「それで、高崎で降りるまでに、どこかに、携帯をかけるはずです。その内容を知りたいので、これを、座席の近くにおいてもらいたいのです」

と、超小型のボイスレコーダーを、渡した。

「電話なら、デッキでかけるんじゃありませんか？」

と、車掌がきく。

「普通の乗客なら、そうするでしょうが、彼は違います。デッキで電話中に、ほかの乗客が通って話を聞かれてしまうとまずいのです。彼は、デッキでは電話をしません。今日は、グリーン車が空いているので、座席で、電話するはずです」

十津川が、いった。

車掌は、少しばかり青い顔になったが、十津川に、肩を叩かれて、グリーン車に入って行った。

車内検札を始めると、自然に、落ち着いてきたように見える。

江古田に向かっても、落ち着いて、

「申し訳ございません。切符を拝見させていただきます」

と、いった。

その切符を、相手に返しながら、車掌は、ボイスレコーダーを、素早く、後ろのシートの雑誌入れに、放り込んだ。

江古田は、車内検札が終わると、さっそく、座席に座ったまま、手で隠すように、携帯を、かけ始めた。

4

東京から「とき」で、高崎まで、五十分である。

江古田は、簡単に携帯をすませ、高崎近くになると、座席から腰を上げて、出口に歩いていく。

やはり、あせっているのだろう。

十津川と、亀井は、反対側から七号グリーン車に入り、車掌が、仕かけてくれたボイスレコーダーを、拾いあげた。

列車は、高崎駅のホームに入って行く。

亀井に、尾行させ、十津川は、ボイスレコーダーの再生ボタンを押した。

「今、どこだ？」

と、いきなり、江古田の声。

「JRの高崎駅です」

と、男の声が、答えた。

「女には、南蛇井のマンションに迎えに行くといってある。解放してやるといったので、油断しているはずだ。今の時間なら、南蛇井駅も無人駅になっているから、人目につかない。上手《うま》く殺《や》れ。私は、高崎の友人のところでアリバイを作る」

「今回が、最後ですね？」

「当然だ。金も、すぐに振り込む」

これで、ボイスレコーダーの録音は、終わっている。

「とき」は、ホームに停車した。

グリーン車から降りた江古田を、三十代と思われる二人の男が迎えた。一人は黒いハンチングをかぶっている。

（たぶんあの二人が、加藤肇と上田大輔だろう。西本刑事を殺した犯人だ）

と、十津川は、思った。

（今度は、牧野美紀を殺させる気か）

三人は、いったん、高崎駅近くのカフェに、入って行く。

細かい打ち合わせをするつもりだろう。

十津川は、亀井を、すぐ上信電鉄の南蛇井駅に向かわせておいてから、携帯を、三田村たちにかけた。

「今、どこだ？」

「前と同じく上州富岡ですが」

「江古田は、上信電鉄の南蛇井駅近くにある、所有するマンションで、牧野美紀を殺させるつもりだ。どうやら牧野美紀は、そのマンションに監禁されていたんだ。江古田は、電話で、そう指示した。この時間なら、南蛇井駅は、無人駅になっているから人目につかないとね」

「犯人は、何人ですか？」

「二人だ。たぶん、西本刑事を殺した犯人だから、絶対に逃がすな」

「分かりました」

「亀井刑事が、そっちへ行くから、県警にも電話して、南蛇井で合流しろ」

「警部は、どうされるんですか？」

「私には、高崎ですることがある。犯人を逮捕したら、すぐ、私に知らせてくれ」

と、十津川はいった。

カフェから出てきた三人の中の二人は、上信電鉄の駅に向かい、江古田は、駅前の花屋に入って行った。そこが、友人の店なのだろう。

十津川は、じっと、待った。

やっと、彼の携帯が鳴った。

「牧野美紀殺人未遂の容疑で、二人を、逮捕しました。牧野美紀は無事です」

と、亀井がいった。

「君たちは、大丈夫か？」

「三田村刑事、右腕に負傷。全治一週間。それだけです」

（よかった）

と、思ったが、それは口にせず、携帯を切って、駅前の花屋に、入って行った。

江古田は、花に囲まれて、二十代の女と喋《しゃべ》っていた。

十津川を見て、ニッコリした。

「たしか、十津川警部さんでしたね。わざわざ高崎まで、花を買いに、来られたんですか？」

十津川も、ニッコリした。

（刑務所では、花に囲まれることはないよ）

と、これは、声を出さずに、いった。

本作品はフィクションであり、実在の個人・団体などとは一切関係がありません。

この作品は、月刊『小説ＮＯＮ』誌（祥伝社刊）に、平成二十七年二月号から八月号まで連載され、同年九月小社ノン・ノベルから刊行されたものです。

十津川警部　絹の遺産と上信電鉄

一〇〇字書評

切り取り線

購買動機（新聞、雑誌名を記入するか、あるいは○をつけてください）	
□（　　　　　　　）の広告を見て	
□（　　　　　　　）の書評を見て	
□ 知人のすすめで	□ タイトルに惹かれて
□ カバーが良かったから	□ 内容が面白そうだから
□ 好きな作家だから	□ 好きな分野の本だから

・最近、最も感銘を受けた作品名をお書き下さい

・あなたのお好きな作家名をお書き下さい

・その他、ご要望がありましたらお書き下さい

住所	〒				
氏名		職業		年齢	
Eメール	※携帯には配信できません	新刊情報等のメール配信を 希望する・しない			

この本の感想を、編集部までお寄せいただけたらありがたく存じます。今後の企画の参考にさせていただきます。Eメールでも結構です。

いただいた「一〇〇字書評」は、新聞・雑誌等に紹介させていただくことがあります。その場合はお礼として特製図書カードを差し上げます。

前ページの原稿用紙に書評をお書きの上、切り取り、左記までお送り下さい。宛先の住所は不要です。

なお、ご記入いただいたお名前、ご住所等は、書評紹介の事前了解、謝礼のお届けのためだけに利用し、そのほかの目的のために利用することはありません。

〒一〇一-八七〇一
祥伝社文庫編集長　坂口芳和
電話　〇三（三二六五）二〇八〇

祥伝社ホームページの「ブックレビュー」からも、書き込めます。
http://www.shodensha.co.jp/bookreview/

祥伝社文庫

十津川警部《とつがわけいぶ》　絹《きぬ》の遺産《いさん》と上信電鉄《じようしんでんてつ》

平成30年 9 月20日　初版第 1 刷発行

著　者　西村《にしむら》京太郎《きようたろう》
発行者　辻　浩明
発行所　祥伝社《しようでんしや》
東京都千代田区神田神保町 3-3
〒101-8701
電話　03（3265）2081（販売部）
電話　03（3265）2080（編集部）
電話　03（3265）3622（業務部）
http://www.shodensha.co.jp/
印刷所　堀内印刷
製本所　積信堂
カバーフォーマットデザイン　芥 陽子

Printed in Japan ©2018, Kyōtarō Nishimura ISBN978-4-396-34453-5 C0193

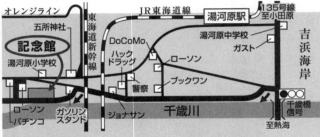

西村京太郎ファンクラブのお知らせ

会員特典(年会費2200円)

◆オリジナル会員証の発行
◆西村京太郎記念館の入場料半額
◆年2回の会報誌の発行(4月・10月発行、情報満載です)
◆抽選・各種イベントへの参加(先生との楽しい企画考案中です)
◆新刊・記念館展示物変更等のハガキでのお知らせ(不定期)
◆他、追加予定!!

入会のご案内

■郵便局に備え付けの郵便振替払込金受領証にて、記入方法を参考にして年会費2200円を振込んで下さい　■受領証は保管して下さい　■会員の登録には振込みから約1ヶ月ほどかかります　■特典等の発送は会員登録完了後になります

[記入方法] **1枚目**は下記のとおりに口座番号、金額、加入者名を記入し、そして、払込人住所氏名欄に、ご自分の住所・氏名・電話番号を記入して下さい

郵便振替払込金受領証　　窓口払込専用

口座番号	百十万千百十番	金額	千百十万千百十円
00230-8	17343		2200
加入者名	西村京太郎事務局	料金	(消費税込み)　特殊取扱

2枚目は払込取扱票の通信欄に下記のように記入して下さい

通信欄	
	(1)氏名(フリガナ) (2)郵便番号(7ケタ)※必ず7桁でご記入下さい (3)住所(フリガナ)※必ず**都道府県名**からご記入下さい (4)生年月日(19××年××月××日) (5)年齢　(6)性別　(7)電話番号

※なお、申し込みは、郵便振替払込金受領証のみとします。
メール・電話での受付は一切致しません。

■お問い合わせ(西村京太郎記念館事務局)
TEL 0465-63-1599